今天要比昨天的我更愛你

綃昕 著

時間流逝，傷痕就能痊癒嗎？
我不知道，只知道那些刻骨銘心的傷，
似乎從未停止疼痛……

第一章

噹噹噹噹——

鐘聲響徹校園，學生們收拾晨掃用具，回到教室準備早自習，喧鬧的校園頓時回歸靜謐，只有微風吹過樹葉發出的沙沙輕響。

「嘿咻！」

圍牆邊緣探出細白如蔥的指頭，惹眼的桃色隨即躍入視線。

季苡萱手腳輕巧地翻過圍牆進到校園，動作流暢宛如老手。她跳下牆，一抬眼，一雙潔淨的白鞋朝著她的方向走來，停留在她眼前。

她扯扯嘴角，心裡暗道了聲倒楣，卻抬起頭朝來人露出討好的笑容，「糾察隊長，好巧！在這碰到你。」

邱于豪手拿違規登記簿，俊秀臉龐上表情淡淡的。當他的目光落在季苡萱那頭燦爛的桃色秀髮時，眉頭一皺。

他攤開手裡的登記簿，拿出筆遞給她，「在這裡寫妳的學號、班級和姓名。」

季苡萱不以爲意地接過，低頭開始寫下自己的資料，動作迅速且熟稔。

「違規事項要寫什麼？」

季苡萱的視線轉向面前高大的身影，背光使她看不清對方的表情，卻能從邱于豪的態度中，感受到一絲鄙夷。

「遲……服儀不整。」邱于豪開口，在違規的事項中，選擇情節較重的項目。他沉聲續道：「一個星期內把頭髮染回黑色，不然我會通報教官去家訪。」

聞言，季苡萱瞪大眼，「家訪？不至於吧？現在又沒有髮禁！」

邱于豪從她手裡拿過登記簿，一邊往前翻一邊說：「遲到十三次，曠課八次，還有攜帶貓狗入校，加上今天的服儀不整……這個月才二十三個上課天，妳的名字就占了登記表裡的三分之一。」

聽出他話語中的諷刺，季苡萱不惱反而笑道：「那我也是挺厲害的。」她湊近邱于豪，呼出的氣息幾乎碰上他的手臂。

話音一落，邱于豪的眉頭皺得更緊，看眼前的少女一副無關痛癢的模樣，他深吸一口氣，闔上登記簿。

「早自習已經開始了，快回教室，不然再記妳一條缺曠。」說話的同時他退後一步，拉開自己和季苡萱的距離。

見他眼底毫不掩飾的輕蔑，季苡萱扯唇一笑，拿起幾乎是空著的書包，往教學大樓的方向走去。

「犧牲早自習來抓遲到的學生，辛苦啦！糾察隊長！」她背對邱于豪揮了揮手。

季苡萱往前走著，與另外一名戴著臂章的糾察隊員擦肩而過，對方看見她鮮豔的髮色，驚訝地張大雙眼，還忍不住回頭多看了幾眼。

季苡萱走遠後，糾察隊員邁步跑向邱于豪，「她、她的頭髮也染得太……」

邱于豪收回追隨那道背影逐漸遠去的目光，淡聲道：「接下來翻牆進校的人都記遲到。」

糾察隊員還未平復內心的震驚，翻開登記簿，看見季苡萱的名字和服儀不整的事項，對著邱于豪說道：「季苡萱這次會不會被記小過？」

「記過處分是由訓導處決定，不歸糾察隊管，而且只要她染回——」話還沒說完，圍牆外傳來一陣騷動，又有遲到的學生翻牆進校。

「糾察隊！好、好巧……」翻過圍牆的同學一見到戴著臂章的糾察隊員，尷尬地開口。

「不巧、不巧！就在這等著抓你們這些遲到、翻牆的人呢！」糾察隊員見狀，來勢洶洶地走向翻牆的學生，遞出登記簿，「寫下你的學號、班級和姓名。」

同學抬眼，見前方的邱于豪望著某處不知道在思索什麼，半晌才硬著頭皮問，「違規事項要填什麼？」

「服儀不……遲到。」

邱于豪盯著那抹桃色消失的方向，眼神閃過一瞬深沉。

午休後的第一堂課，數學老師發下上週的小考試卷。她手拿藤條，只要有學生退步，每五分打一下手心。

「洪明弘，退步四分。」

被點到名字的同學上前領考卷。

「王國忠，進步三分。林毓涵，退步十二分。」

退步超過五分的女同學主動舉起手心，數學老師便揚起藤條在她手上打了兩下。

「……謝謝老師。」被打的女同學搓了搓手心，接過老師手裡的試卷。

「下次加油一點。」語畢，數學老師將目光移到講桌上的試卷，看了眼右上角的名字和分數，沉聲開口：「季苡萱，進步十八分。」講台下傳來同學竊竊私語的聲音，但不見有人來台前領考卷。

「季苡萱？」數學老師提高了音量，依舊沒有人回應，教室裡靜悄悄，連筆掉到地上的聲音都十分響亮。

「季苡萱！」數學老師用藤條打向黑板，發出「砰」的巨響，前排的同學們不自覺抖了抖肩膀。

坐在季苡萱旁邊的同學忍不住伸手戳了戳沉浸在夢鄉的少女。

「啊？」季苡萱揉揉嘴角抬起頭，「下課了嗎？」

數學老師氣極，對著坐在最後一排、睡眼惺忪的季苡萱吼：「妳給我到前面來！」

季苡萱癟嘴起身，走到講台前接過數學老師手裡的考卷，她看了眼分數，雙眼發亮，「我有進步耶！」

數學老師見她開心的模樣，憋了一口氣，滿臉脹紅。她深呼吸，「妳上次只考了八分，即使這次進步十八分，也不過才二十六分。」

老師舉起藤條續道：「我教過的班裡，你們班的平均分數最低，就是被妳拉低的！」

「不能全怪我一個人吧！」季苡萱抓著考卷退後數步，對手拿藤條的數學老師說：「我有進步呢，妳不能打我！」

不打進步的學生——這是數學老師自己訂下的規矩。

她看著季苡萱眉眼中的得意，氣得額上青筋都浮出來了，她狠狠瞪了季苡萱一眼，深吸一口氣。

季苡萱回到座位，準備再次進入夢鄉，這時，數學老師向全班同學朗聲道：「你們已經高二了，距離大考只剩一年，為了提高你們的成績，期中考後，只要同學們的分數低於六十分，不管有沒有進步，都得打五下掌心。」

「蛤——」班上的同學發出一陣哀號。不少成績總是遊走在及格邊緣的同學，朝最後一排的季苡萱望去，默默地投以責怪的眼神。

季苡萱瞪回去，「看我做什麼？我進步十八分耶！你們要認眞念書才能拉高班級平均分數呀！」

那得意又理直氣壯的態度，把數學老師氣得一口氣差點提不上來，她揮舞著藤條，衝著季苡萱吼：「有點羞恥心！羞恥心懂不懂？」

季苡萱聳聳肩，不以爲意地把考卷塞到抽屜裡。

數學老師拿她沒轍，注意到已經耽誤了今天的教程，便清了清喉嚨說：「季同學，下課到教師辦公室。」

「哦。」聞言，季苡萱回應。

數學老師瞥了眼她那頭惹眼的桃髮，冷哼一聲，打開課本開始上課。

下課鐘聲一響，數學老師的前腳才離開教室，季苡萱就拿起書包往外走。

「苡萱，妳要去哪裡？」總是獨來獨往的季苡萱在班上沒什麼朋友，平時會與她說話的人，就只有班長陳靖雯。

但陳靖雯也不是眞的關心她，而是班導師有交代，這個月季苡萱已經曠課八次，一定要看緊她，不能再讓她曠課了。

「去找數學老師呀！」季苡萱回答。

「那妳爲什麼要拿書包？」

季苡萱扯扯嘴角，陳靖雯這種固執的人最難應付了。她想了想，反正書包裡也沒裝什麼，便把書包留在座位上。

「那我去找老師了。」

她邁開腳步，身後卻再次傳來陳靖雯的叫喚。

「又怎麼了？」

「妳的頭髮……」陳靖雯看著她那頭鮮豔的桃紅色欲言又止。

「怎麼樣，好看嗎？」季苡萱對她挑眉，還伸手撥弄髮絲。

「是好看，不過……」

季苡萱的奶奶是外國人，她的皮膚白皙，五官相當精緻，就算染了鮮豔的髮色也一點都不顯黑，反而讓人雙眼一亮。但在學校這種保守的場合，鮮豔的髮色出現在眾人的視線，不免有些突兀。

「下次妳想染我再帶妳去，報我的名字可以打折唷！」季苡萱露出笑容，邁開步伐朝教室外走去。

陳靖雯看著教室外她的背影逐漸縮小，心想，數學老師叫她去教師辦公室，肯定要拿髮色做文章，季苡萱又要被記過了。不曉得她回到班上時，是否還能露出剛剛那樣的笑容？

但一直到放學鐘響，她都沒有看到季苡萱回教室。

繞開人來人往的教學大樓，季苡萱兩手插在繡著虎頭的外套口袋裡，步伐輕鬆地走向舊教學樓。

目前舊教學樓僅有社團時間會使用到，安排在這裡的社團，甚至都是冷門社團。

季苡萱踩著發出吱呀聲響的木階梯，來到舊教學樓二樓。

「老大，妳終於來啦！」

一打開門，灰塵便撲面而來，季苡萱立刻抬手摀住鼻子，皺起眉頭朝裡面的人說：「你不是中午就請公假來打掃，怎麼還是這麼髒？」

一名灰頭土臉的少年手裡拿著掃把朝她走來，掃把和少年身上都纏繞著蜘蛛網。

「這間教室這麼大，只有我一個人哪清得完？」王鑫駿將掃把塞到她手裡，嘿嘿一笑，「妳這不是來幫我了嗎？」

季苡萱扯扯嘴角，把掃把放到一旁，雙手抱胸冷哼，「我又不是你的社員，幹麼幫你打掃新社辦？」

王鑫駿垮下臉，「我的姑奶奶，不是說好下週妳就會填轉社單嗎？妳不能食言，會肥喔！」

高一入學那天，季苡萱在前往學校的公車上，出手救了差點被公車門夾住的王鑫駿。這小子愛看武俠小說，整天都跟在季苡萱的屁股後面嚷嚷著要報恩。季苡萱嫌煩拒絕了好幾次，但王鑫駿還是跟著她，季苡萱受不了就揍了他一頓，沒想到他沒打退堂鼓，反倒奉她爲老大。

熱愛武俠小說的王鑫駿創了「武俠小說研究社」，邀請心目中的老大加入。創社申請通過後，辦公室被分配在舊教學樓，他便特別請公假來打掃教室。

雖然季苡萱之前加入過烘焙社和髮藝社，不過社團活動時間她參與的不多，王鑫駿苦苦哀求，她才答應要轉社。

「我是來看你打掃好了沒？想說舊教學樓比較安靜，我想補眠。」季苡萱環視滿是灰塵的教室，發現地上還有學生躲來抽菸而留下的菸蒂。看來要打掃乾淨，還得再費一番工夫。

王鑫駿聞言癟起嘴，一副隨時要哭出來的模樣，看得季苡萱眼角一抽，「你……去弄些打掃工具來。」只靠一支掃把要清到何年何月？

「就知道老大妳人最好啦！」王鑫駿歡呼。

「趁我還沒改變主意——」

話還沒說完，王鑫駿就像一陣風般衝出教室，還帶起不少灰塵，嗆得季苡萱摀著口鼻咳了幾聲。

教室角落堆著多張老舊的課桌椅。以前學生人數多，舊教學樓還有安排班級，不過，校方在幾年前將所有班級都遷到新教學大樓，這棟樓就越來越少人走動。

季苡萱入學時聽說不少有關於舊教學樓的傳聞，比如，有學生在此輕生、晚上有人親眼見到白衣幽靈、鬧鬼……這些傳言，使寧靜的舊教學樓增添了些許詭譎氣氛。

季苡萱走向成堆的課桌椅，課桌的桌面有不少以前學生留下的痕跡，有人用立可白作畫，有人用利尺或美工刀刻卜隻字片語。看來，不管過了多久，學生們總會在上課時想盡辦法找樂子，哪怕這舉動是在破壞公物。

她彎腰，看見桌腳上留有不知是多久之前寫下的字句——

「我一直努力，到頭來，才發現自己眞的無能爲力。」

季苡萱好奇地蹲下身，發現這張課桌的抽屜裡，躺著一本綠色的筆記本。

她伸手取出本子，上面蒙卜一層厚厚的灰，她猶豫了下，拍掉上面的灰塵，翻開。

空白的。

她前後翻了翻才恍然大悟，原來自己翻到筆記本的最後面了。

往前翻，終於翻到有字的那一面，只見上頭用藍色的油性原子筆寫下一行字——

「我真的盡力了。」

季苡萱愣了愣，本子的主人在寫下這幾個字時，似乎用了很大的力氣，字跡幾乎要穿紙而過。

她以指腹輕觸這幾個字，正當她要繼續往前翻閱時，門口傳來一陣聲響。

「王鑫駿，你怎麼拿這麼久——」季苡萱開口的同時回過頭，喉間的話音在她對上一雙深邃的黑瞳時頓時止住。

「現在是上課時間，妳為什麼會在這？」

邱于豪站在門口冷眼看著她，手臂上的糾察隊臂章非常搶眼。

教官收到有人在舊教學樓抽菸的舉報，但是今天學校有外賓來訪，教官臨時走不開，只好先麻煩邱于豪到舊教學樓巡視，待外賓離去後再過來看看。

邱于豪巡完一樓，正要上樓時，看見王鑫駿匆匆忙忙地從二樓奔下來。

王鑫駿是季苡萱的跟班，這件事在學校無人不曉，每回季苡萱要蹺課或做出違反校規的事時，他就會替她把風。有一次，他甚至還借來女生制服，想代替季苡萱點名，被老師識破後，記了兩支警告。

他會在這，代表季苡萱可能也在舊教學樓？

邱于豪回想今天申請公假的名單，似乎沒在上面看見季苡萱。他刻意側身躲過王鑫駿的視線，見他走遠，才邁步走向二樓。

他順著走廊，檢查過一間又一間的教室，到了倒數第二間，一開門，熟悉的嗓音就從裡頭傳來。

「王鑫駿，你怎麼拿這麼久——」

邱于豪雙手抱胸看著教室裡的桃髮少女。先前，教官有特別交代，千萬別讓季苡萱在校園裡閒晃，她那頭桃髮已經傳遍校園。再加上今日來訪的外賓據說攸關學校的評選，所以不能因服儀不整的她，讓賓客留下壞印象。

「現在是上課時間，妳爲什麼會在這？」邱于豪見她起身，手裡似乎還抓著什麼。

季苡萱神情自若地扯謊，「我請公假來打掃社辦。」

「公假名單上沒有妳的名字。」邱于豪面不改色地拆穿她。

季苡萱眼角一抽，「糾察隊長連上課時間也要巡視，還眞是辛苦啊！」這人上課時間也應該在教室吧！沒想到這個時間點會在舊教學樓碰到邱于豪，季苡萱覺得今天自己一定是水逆！

見邱于豪一步一步朝自己走來，季苡萱迅速地打量著周遭，盤算繞過他逃出教室的可能性。

邱于豪走上前，看清地上散落的菸蒂，眉頭一皺，「妳手裡拿什麼？」

季苡萱正想解釋，走廊傳來一陣聲響打斷了她，隨後王鑫駿提著水桶和拖把出現在教室門口。

「老大、老大！」他氣喘吁吁地喚，視線瞥見教室裡的邱于豪，臉色驟變，「爲什麼糾察隊長也在？」

王鑫駿瞄了眼邱于豪，立刻將目光轉向季苡萱，緊張地說：「老大，快走啊！教官來了！」

話才剛說完，走廊另一端就傳來教官的高喝：「王鑫駿，你跑什麼？」

季苡萱抱著筆記本，打算越過邱于豪向外走，他卻伸手要抓她的肩膀。

幾年前，季苡萱因爲一些事特意學防身術傍身。見邱于豪伸手就要碰到她的肩膀，她眸色一沉準備朝對方出手，這時，王鑫駿舉著拖把朝他們奔來。

「姓邱的，離我老大遠一點！」王鑫駿揮舞著拖把，帶起一室厚重的灰塵，逼得邱于豪不得不退後數步。

爲了躲避不分敵我攻擊的灰塵，季苡萱也彎下身子。

「老大妳快走，這裡有我擋著。」王鑫駿以身阻擋邱于豪，還不忘耍帥，「嘿嘿，我這樣算不算英雄救美，是不是很帥？」

「是！你是帥氣的大英雄，攔好他。」季苡萱的稱讚讓王鑫駿更賣力地擋好邱于豪的去路。

季苡萱忽地彎下身，拾起地上的菸蒂走向邱于豪，趁他沒防備，一把塞進他的手裡。她抬頭，對上他驚訝的神情，揚起笑容迅速轉身跑到教室門口，對走廊另一端大喊：「教官，這裡有人抽菸！」

邱于豪甩開手裡的菸蒂，此時，季苡萱已經趁機抱著筆記本從教室後門跑了。

邱于豪嫌惡的甩甩手，低頭瞥見地上有隻紙青蛙，他記得剛剛走進來並沒有看見。那熟悉的摺紙手法，令他的瞳仁不禁一縮。

邱于豪撿起紙青蛙。這時，教官快步趕到，對著他們大聲斥喝。

「誰在這裡抽菸？」

教官走到邱于豪身旁，菸味自他的手上傳來，他不禁打量起邱于豪，「你身上的菸味怎麼這麼重？」

王鑫駿在一旁哈哈大笑，用拖把指著邱于豪，「教官，他啦！他抽菸啦！哈哈哈哈！」

面對教官懷疑的眼神和問話，邱于豪冷眸掃向王鑫駿，森冷的目光讓他立刻止住笑聲，仍掩不住眉眼間的嘚瑟。

邱于豪花了點時間和教官解釋，教官表示邱于豪洗完手就可以先回教室上課，至於季苡萱曠課一事，教官會通知她的監護人。

邱于豪目光看向季苡萱離開的後門，隨即低頭盯著自己手裡的紙青蛙，神情若有所思。

翻出圍牆，季苡萱一路快步朝街道走去，繞過熟悉的街巷，最後停在一家髮廊門口，視線與正站在外面抽菸的紅髮女子對上。

「跟妳說了多少次，別總是蹺課。」女子熄掉手中的菸，對季苡萱無奈地嘆了口氣。

「在學校無聊嘛！」季苡萱走上前親暱地挽住女子的手臂，「小紅姊妳看，我的髮色維持得還不錯吧！」她指著自己那頭桃色秀髮。

她的頭髮都是由小紅設計的，小紅有時候也會請季苡萱當她的模特兒，讓她測試新的顏色。

「頭頂上的黑髮好像越來越明顯了。」小紅觀察著季苡萱的頭頂，伸手揉了揉她細軟的髮絲續道：「染淺色就是有這個缺點，布丁頭就不好看了。」

季苡萱張大眼，「蛤？沒辦法補色嗎？我好喜歡這個顏色喔！」

小紅瞇起眼看著季苡萱，「我試試看。不過有個條件，妳下禮拜都得乖乖去上課，不准中途蹺課。」

聞言，季苡萱癟起嘴，放開小紅的手臂，拿著日記本退了一步。

「我不想要念書，我也想出來工作。」她嘟囔道。

小紅見狀失笑，領著她走進髮廊，「以後妳就會明白，長大和工作比學校生活更無趣，趁還是學生的時候好好享受吧！」

她替季苡萱繫上圍布，見季苡萱手裡緊抓著一本筆記本，笑著說：「還以爲妳連書包都沒帶，原來妳還有帶筆記本呢！」

剛剛太匆忙地離開舊教學樓，季苡萱就沒有把本子放回去。

季苡萱從頭審視手裡的本子，從內容中標示的日期，她發現這不是普通的筆記本，好像是一本日記。

她翻開日記封面，在第一頁的下方空白處，有一行儒雅的簽名——邱于耀，與先前瞄到的字跡截然不同。

相似的名字，令季苡萱不禁回想起糾察隊長。稍早在舊教學樓，他捧著菸蒂，神情錯愕。

邱于豪和邱于耀……這兩人有什麼關係嗎？

瞥見季苡萱手上的本子，上方的人名使小紅瞠大眼，驚訝地出聲：「爲什麼邱于耀的本子會在妳這裡？」

「撿到的。」季苡萱晃了晃手裡的本子，「小紅姊知道這個人是誰嗎？」

小紅似乎陷入回憶，過了一會兒才開口：「邱于耀跟我是同一屆的同學，不過他……」

她看了眼季苡萱手裡的本子，輕聲嘆道：「他在畢業前過世了。」

聞言，季苡萱的神情怔怔。

小紅接著說：「那時，他已經考上第一志願了，卻在放榜的隔天選擇結束生命。因爲他成績很好，全校師生都知道他，因此自殺的事在全校鬧得沸沸揚揚。

「當時的臆測很多，有人說邱于耀是課業壓力大，也有人說他被霸凌，甚至還有人說他有精神病。但校方並沒有對他自殺的原因多做解釋，只在畢業典禮之前加強學生們的心理輔導。」

聽著小紅的話，季苡萱感覺手裡的日記本頓時沉重許多。

她翻開本子，忽地掉出一隻摺紙魚，同時，她看見日記裡邱于耀最後留下的話——

「我眞的盡力了。」

她入神地輕撫摺得栩栩如生的紙魚，思緒飛得好遠。

✦

季苡萱生於普通的家庭，她的爸爸經營一家烘焙坊，從小她就聞著麵包香長大。每天放學回家走進熱烘烘的廚房，就能看見爸爸忙碌且沁滿汗水的背影。

「爸爸！」

季爸爸聞聲轉頭，看見女兒背著書包、戴著學生帽的可愛模樣，漾著笑道：「小萱回來啦！今天在學校好玩嗎？」

「好玩，學校好有趣！」念小學的季苡萱用力點頭，滔滔不絕地跟父親分享學校的點滴。

見女兒說得起勁，季爸爸從一旁的冰箱拿出一個布丁，「這是爸爸給妳準備的點心，別跟妳媽媽說唷！」

「哇！是布丁！」季苡萱雙眼發亮地接過。媽媽通常不讓她吃點心，因爲怕晚餐會吃不下，難得能吃到布丁，季苡萱開心極了，「謝謝爸爸！」

季爸爸笑著說：「我們小萱眞乖，喜歡上學又愛看書，以後一定可以考上好學校。」

季苡萱挖了一匙布丁放到嘴裡，口齒含糊地道：「我不想考好學校，我以後要幫爸爸開店！」

「哈哈哈，那我後繼有人了！」季爸爸笑得開懷。這時，他身後的烤箱發出「叮」的一聲脆響，新鮮的麵包即將出爐。

父親在廚房忙碌的身影，季苡萱永遠記得。

在她小學五年級那年，父親因爲癌症住院，檢查報告顯示，已經是第三期了。爲了籌措爸爸的醫藥費，媽媽只好賣掉烘焙坊的店面。季苡萱知道後，那晚在爸爸的病床前嚎啕大哭，臉都哭成花貓了。季爸爸見狀艱難地舉起手，拍拍她的頭，安慰她，「店以後再開就好。小萱喜不喜歡念書都沒關係，以後就做妳想做的事吧！」

季爸爸過世的那天下著大雨，在葬禮上，哥哥季亦楓緊牽她的手，季苡萱抬頭看著身旁的哥哥，雙眼腫得像隻紅眼兔。

「別擔心，以後我會照顧妳。」季亦楓拍拍妹妹的頭，就像父親一直以來做的那樣，季苡萱的淚水又從眼眶湧出。

本以爲他們的生活會越來越好，然而時間不僅沒有沖刷掉季家的低潮，反而因季媽媽的改嫁，開啟了季苡萱的惡夢。

季媽媽在新職場認識繼父，是她的主管，這個男人不菸不酒，唯一一個最令人頭疼的習慣，就是嗜賭成性。

繼父雖再三保證不會動用到屬於季家的錢財，但時間久了，醜陋的本性一一浮上水面。先是拿走媽媽的存摺和印章，再來又和地下錢莊借貸。

那時季苡萱才剛上國中，卻每每看著母親護在她的身前，應付前來討債的黑衣人們。

「錢是他欠的，爲什麼找我們？」

「看清楚，這上面是寫妳的名字。」爲首的黑衣人毫不客氣，丟出繼父留下的欠條，上頭白紙黑字寫著季媽媽的名字。

雖然母女倆可憐的境遇令黑衣人於心不忍，但欠下的債還是得還，因此厲聲要求季媽媽趕緊還錢後，黑衣人就先離開了。

季媽媽跪在地上泣不成聲，原以爲碰上能夠照顧她後半生的男人，不料對方的眞面目是個不折不扣的混球。季苡萱上前抱住媽媽，輕拍她顫抖的肩膀。

季亦楓從補習班回到家，一開門，家中一片狼藉，而媽媽和妹妹抱在一起，臉上滿是淚痕。

「……我不考大學了。」他放下書包，彷彿下定決心般對著媽媽說。

「那怎麼行？」季媽媽一聽臉色大變，「不念書你要做什麼？」

「做什麼都好。」季亦楓回答。

他轉頭看向沙發，妹妹閉著眼像是睡著了，但眼角仍掛著淚。季亦楓放輕音量，「從小我就不是讀書的料，就算去補習班，半年了，成績一點起色也沒有。比起我，小萱會念書多了。」

「亦楓……」季媽媽的淚水再次從眼眶滾落，「是媽媽對不起你們，沒想到那個男人這麼糟糕，還因此拖累你……」

怕哭聲吵醒睡著的季苡萱，季亦楓起身扶媽媽回房休息。待他們背過身，臥在沙發上的季苡萱睜開雙眼，眼底毫無睡意，一片清明。

季亦楓決定休學去打工，償還可觀的債務。即便如此，一般的工作根本比不上利息翻滾的速度。

某天，季苡萱放學回家，看見哥哥的手臂上包纏著紗布，驚得臉色發白，趕緊放下書包上前，「哥哥，你……受傷了嗎？」

季亦楓搖搖頭，「不是。」

他解開手臂上沾染血水的紗布，黑色的刺青圖紋在他的臂膀上，還有一顆駭人的鬼頭在手臂，光是對上眼就令人膽寒。

季苡萱驚愕地看著哥哥，只見他抬起手，溫柔地拍了拍她的頭，一如既往。

「大哥說刺這個，以後跟他們出去才有氣勢。」

聞言，季苡萱驚訝地瞪大雙眼，她知道哥哥最近跟先前來家裡討債的黑衣人走很近，沒想到竟然是跟著混黑道了。

「媽媽知——」

季亦楓將手指壓在她的唇前，「我怕她會擔心，妳也別讓她知道。」

眼前的哥哥明明依舊是熟悉的親人，但低頭看，他手臂上蜿蜒的刺青，令季苡萱心底泛起一股陌生的不安。

此時，門口傳來一陣騷動，繼父無預警地回到季家。他正要踏進家門，就與季苡萱撞個正著。繼父問，「只有妳在家嗎？妳媽媽呢？」

季苡萱警戒地看著他，冷哼，「你找我媽又想幹麼？」

爲了這混球的債務，媽媽現在一天兼兩份差，常常都三更半夜才回到家。

「小孩子問這麼多幹麼？」

季苡萱的臉蛋出落得越來越標致，細軟的黑色長髮，襯得她的膚色雪白，國中制服裹得她的身段玲瓏有致。

繼父的目光投向季苡萱，吞了吞口水，心想，眞漂亮，長大後一定是令人移不開眼的美人。

「小萱啊……」繼父走上前接近季苡萱。

「叔叔。」此時季亦楓走了出來，他的手臂已經重新裹上紗布，臉上透出既冷淡又厭惡的表情。

繼父眼底閃過一絲失望，他呵呵笑，「原來亦楓也在家啊！沒事沒事，我只是回來拿點東西，一會兒就出門。」

「這家裡沒有東西可以給你拿。」季亦楓把妹妹護在身後，寒聲道：「一毛錢都沒有。」

繼父看著他凜然的神情，再看向他手臂上隱約露出的黑色刺青，嘴角一抽，只好訕訕地轉身離開。

待他走遠，季亦楓才嘆了口氣，「小萱，以後妳下課就乖乖在學校等我，我去接妳回家。」剛剛繼父盯著妹妹的眼神分明不帶一絲善意，現在母親工作忙碌，季亦楓不放心讓妹妹與那男人在家獨處。

季苡萱點點頭，發現哥哥手臂上的紗布又被血水浸溼，一陣心疼，低聲說：「好，我會乖乖的。」

她以爲只要乖順地過日子，生活總有一天會迎來陽光。

從回憶中拉回思緒，季苡萱離開小紅的髮廊時已經是傍晚了，正好是放學時間，大街上能看見許多穿著制服的學生。

夕陽餘暉照在季苡萱的粉髮上，彷彿鍍了層溫暖的橘色。

她的手裡拿著邱于耀的日記，見天色還沒完全暗下，腳尖一轉，打算找幾個外校的朋友一起閒晃，卻在不遠的轉角處看見熟悉的身影。

她發出「嘖」聲，還沒來得及掉頭離開，對方已經快步朝她走來。

「苡萱！」

來人是一個容貌姣好且身材婀娜的少女。一頭秀髮烏黑發亮，皮膚顯得白皙、吹彈可破，一雙水靈的大眼與水嫩欲滴的玫瑰色唇瓣，越顯容貌清麗，笑起來還有可愛的酒窩。

怕季苡萱跑了，段歆小跑步到季苡萱面前，站定時還有些喘。

「有什麼事嗎？」

段歆緩過氣，視線對上季苡萱冷淡的神情，輕聲開口：「妳……現在要回家嗎？」

「不用妳管。」

季苡萱蹙起眉看著面前的段歆，溫和的眉目、晶瑩清澈的雙眸，嘴角總帶著淺淺的笑，從她們認識時就是如此。

季苡萱和段歆從很小的時候就認識了。

段歆的爸爸是季爸爸當兵時的同袍，兩人感情很好。正好女兒們同齡，便從小就玩在一起，兩家人也保持著緊密的關係。

季爸爸過世後，兩家的聯繫就少了許多，加上季苡萱的繼父近乎傾家蕩產的賭博，哥哥還混黑道，段媽媽便要求女兒減少和複雜的季家來往。

但這似乎沒有影響段歆和季苡萱的友誼，反而在國中二年級的寒假時，兩人還常常一起去圖書館念書。她們的成績都相當好，時常一同考進校排前三名。

段歆有一、兩個科目比較弱，放學還有上補習班加強課業，而季苡萱完全靠自讀，每一個科目都難不倒她，因此段歆總認為季苡萱比自己還聰明。

兩人既是學業上的競爭對手，也是最好的朋友。

「妳有把『交換日記』帶來嗎？」在圖書館的自習室裡，段歆放輕音量問身旁的季苡萱。

季苡萱點頭，從背包裡拿出一本側邊帶有小鎖頭的橙色本子遞給段歆。

兩人從小時候開始就約好寫交換日記，幾乎兩、三天就交換一次，雙方輪流準備日記本。這次的本子是段歆準備的，除了可以鎖起日記本，裡面還有許多心理測驗和真心話大冒險。

段歆從她手裡接過，笑嘻嘻地說：「妳沒給其他人看吧？」

季苡萱搖頭，「喏，鑰匙。妳上次在裡面問那什麼鬼問題，好爛。」季苡萱遞過一個小盒子，裡頭裝著交換日記本專用的鑰匙。

段歆摀嘴忍笑，「那是日記本附贈的隨機提問，妳老實回答，隔壁班班長是不是喜歡妳呀？前幾天我看到他特別去你們班上找妳。」

「妳在我們教室門口放監視器嗎？而且每天都有好幾個人來我們班，怎麼只問他？」

段歆臉一紅，「就、就是……我們班上有個女生對他有意思，我就忍不住多看幾眼。」

兩人一起長大，她的小心思季苡萱明白得很，淡聲解釋，「他來問我理化，我們就只有學業上的交流。」

「哦……」

季苡萱看段歆要開鎖讀交換日記，連忙伸手拿回鑰匙塞進口袋，降低音量，用氣音說：「回家再看啦！先讀期末考要考的，鑰匙晚點再給妳。」

段歆湊近她，「不看就不看。妳再回答我一個問題，妳是不是知道隔壁班的吳班長喜歡妳？」

季苡萱拿起厚厚的參考講義堵在她跟段歆之間，「我不知道。」

「騙人！」段歆這聲惹來周遭的人側目，季苡萱見狀伸手拍了下她的手臂，壓低聲音，「我不喜歡他。我們是來念書的，妳如果要聊天，我就要回家了喔！」

段歆也覺得打擾到別人很不好意思，縮起肩膀小聲地說：「那我們先念書，妳晚點要跟我說喔！」

季苡萱點了點頭。這時，口袋傳來一陣震動，她用眼神示意段歆自己出去接電話。

段歆望著她離去的身影，低頭看了眼桌上的交換日記本，好奇季苡萱這幾天寫了什麼，也很想知道她是否有回答眞心話提問。

然而，季苡萱沒有再回到自習室，那天也是段歆和季苡萱最後一次交換日記，而那本日記因爲沒有鑰匙，再也沒有翻開過。

被季苡萱放鴿子的段歆原本很生氣，後來她得知，那天季苡萱的媽媽在工作外送的途中出車禍，當場沒有生命徵象。

自那天之後，季苡萱就變了。

在季苡萱的印象中，段歆是個愛笑的女孩。

她笑起來非常好看，就算是從小看到大，同是女孩的季苡萱都不得不承認，她有著出眾的外貌，個性也十分討人喜歡。

高中入學那天，貌美的段歆不意外地成爲眾人注目的焦點，全校師生都知道一年級有個超漂亮的新生，還是以第二名的優異成績考入學校。才剛開學，段歆就榮獲新一任「模範校花」的稱號。

曾經關係緊密的兩人，爲什麼會從無話不談的閨密變成疏遠的陌生人呢？

季苡萱心想，是因爲自己的自卑感作祟。家中屢逢巨變的她，每看見生活順遂多姿的段歆，就像在提醒她的人生有多麼不幸。

「苡萱，呂老師很關心妳，如果妳今天不急著回家，要不要跟我去看看她？」段歆沒有因季以萱的冷漠而轉身離開，反而提起國中時的班導師。

聞言，季以萱輕皺起眉頭，腦海裡浮現一張親切和藹的面容。

她瞄了眼段歆，她背著鼓起的書包，裡頭似乎裝有課用講義和習題，猜想現在這個時間段歆應該是要去補習班吧！

季苡萱深吸一口氣，眼底充斥著漠色，淡淡地對段歆說：「以後妳不要來找我了，就算偶然遇見也不用特意打招呼，就跟以前一樣繼續裝作互不認識，這麼做對彼此都好，不是嗎？」

她是師長和教官眼中的問題學生，和成績優異的模範生混在一起，只會讓人覺得是在帶壞段歆，甚至是在欺負她吧！

「可是苡萱，我……」

在段歆的身後，季苡萱看見不遠處的高眺人影，臉色一變，段歆的話還沒說完，就被她急忙地打斷，「就這樣，以後別來跟我搭話，先走了，掰掰！」

像是在逃離什麼般，她不等段歆回應，便抱著邱于耀的日記本，扭頭鑽進一旁的巷弄，眨眼間就沒了身影。

段歆望著那背影癟起嘴，嘆了口氣，難道只有她想念過往的時光嗎？忽地，低沉的嗓音從身後傳來，嚇得她差點把書包砸過去。

「妳有看到季苡萱嗎？」邱于豪站在她身後說道。

段歆轉身看向他，同時瞥了眼季苡萱離去的方向。

邱于豪注意到她的視線，腳尖一轉，準備朝巷弄走去。

「邱于豪！」段歆立刻出聲喊住他。

邱于豪停下腳步，轉過頭，「怎麼了？」

外貌出眾的兩人站在大街上，惹來不少行人的矚目。

段歆和邱于豪會相識，是因爲兩人都是學校的模範生。當年，段歆以第二名的成績入學，而第一名就是邱于豪。

雖然他們不同班，但時常在校內活動上遇見，或作爲代表發表演講，兩人也因此逐漸熟識，甚至在校園中還流傳著兩人是情侶的傳聞。

「你……跟季苡萱認識嗎？」段歆握緊書包上的背帶低聲詢問。

「不算認識。」邱于豪沉默一瞬才回答，似乎想起登記簿上滿是季苡萱的名字。

剛才遠遠一瞥，季苡萱和段歆似乎在談話，他便問道：「妳們認識？」

想起季苡萱離開前說的話，段歆捏住背帶的指節用力得有些泛白，「不、不認識。」

語畢，段歆感覺喉間有些乾澀。她抬眼對上邱于豪若有所思的目光，趕緊續道：「那你找她有什麼事嗎？」

邱于豪餘光掃了眼巷弄，那裡早已沒了季苡萱的身影，眼底閃過一絲深沉，低聲道：「只是想確認……」

忽然颳起的風，彷彿吹散了邱于豪的話，令段歆聽不清楚，她走近了一步，「你剛剛說什麼？」

「不是什麼重要的事。」邱于豪淡聲說。他看了看段歆身後鼓起的書包，「妳補習是不是要遲到了？」

「現在幾點了？」段歆低頭看手腕上的錶，隨即瞠大雙眼，似乎不敢相信已經這麼晚了。

她緊張地朝補習班的方向而去，臨走前不忘和邱于豪道別，「那我就先走了，學校見！」

邱于豪點了點頭。段歆離開後，他的視線投向一旁的髮廊，霓虹燈在逐漸昏暗的夜色下變得奪目。

色彩斑斕的燈光映在他眼底，卻是一片平靜無瀾。

夜色漫過蒼穹，晚風輕柔拂開雲層，晚間的點點星斗逐漸現出。

季苡萱披著夜色走到公寓門口，卻站在門外遲遲沒有進門。

當她舉步要向前時，熟悉的男女談話聲自門內傳來，還伴隨著嬰孩的啼哭聲。

「苡萱還沒回來嗎？」

「沒看到人呢！而且今天學校教官打電話來，說苡萱又蹺課了。」

「這丫頭眞是……當初就叫你不要接下這塊燙手山芋，你看吧！整天給別人找麻煩。」

「她畢竟是我的姪女，爸媽這麼早就不在身邊，哥哥又……」

聽著門內的吵雜，季苡萱的思緒彷彿抽離身軀，回到數年前那個下著大雨的夜晚。

✦

季媽媽出意外過世了，擔心嗜賭如命的繼父會對媽媽的保險費與處理後事的費用動歪腦筋，季亦楓拜託道上的大哥在家附近安排人手。

季媽媽的後事都處理完後，季苡萱好不容易整理好感傷的心情回到學校上課。爲了趕上課業進度，她每天放學後都會留在圖書館努力念書，再等哥哥接她返家。

「苡萱，妳這樣拚命身體會受不了的。」段歆看見季苡萱眼下的黑眼圈，輕嘆口氣。

她放學後也會先陪季苡萱去圖書館，再前往補習班。

「但校排前三名才有獎學金。」季苡萱握著筆的手隱隱發顫，「我不想再給我哥增加負擔。」

段歆心疼地凝視好友，父母雙雙離世對季苡萱來說是一大打擊，她不知從何安慰起，只能在有限的時間努力陪伴她。

「我差不多該去補習班了，外面下大雨，妳回家的時候小心一點。」

季苡萱頭也沒抬，專注在眼前的講義，「嗯，妳也是。」

段歆離開後，季苡萱在圖書館待到天黑才出來。

外頭依舊下著大雨，她等了好久，都不見哥哥的身影。沒帶傘的她猶豫許久，眼見天色越來越暗，趁雨勢稍微變小，她把書包頂在頭頂上，邁步往校門奔去。

一路淋著雨奔跑回家，季苡萱身上的制服已經被雨水浸溼，她匆忙地進到家裡。家門沒有上鎖，但她沒有多想，直覺以爲是哥哥在家。

她聽見廚房傳來聲響，便向那處走去，同時開口：「哥，你吃晚餐了沒？」

當她看清廚房裡的身影時，立刻止住嗓音。她怒瞪著廚房裡的繼父，「你爲什麼在這？」

自從媽媽過世，季苡萱只有在葬禮上見過一次繼父，之後就幾乎沒有再看過他。只見繼父衣衫襤褸，頭髮也像是許久沒有整理，整個人狼狽不堪。

「小萱，妳在家眞是太好了！」繼父看季苡萱的眼神彷彿看到救命的稻草，張大眼興奮地大聲道：「妳那裡有錢吧？給叔叔一點，一千元……兩百元也可以！」

聽他索要的話語，季苡萱心想繼父肯定是被人追債。她搖搖頭，「我沒有錢。」

「怎麼會沒有呢？」繼父步步逼近，「妳媽媽肯定有留給你們，拿出來！趕快拿出來給我！」

季苡萱用力搖頭，見繼父越來越靠近自己，她立刻向後退。

「沒有錢？」

外頭的雨勢變大，淅瀝的雨聲讓季苡萱幾乎聽不清楚繼父的話。

「既然妳沒有錢，那就去賺！」

「什麼？」

繼父眼底發著駭人瘋狂的光，季苡萱心中的恐懼感油然而生，但她仍挺直腰桿，戒備地盯著他。

雨水淋過的制服貼身，繼父的目光掃過她的胴體，嘖了嘖嘴，「叔叔認識一些人，妳不用花太多力氣就可以賺很多錢……」

季苡萱舉起書包揮開他朝自己伸來的手，大聲嚷道：「你這個瘋子，我才不會賺錢給你，一分一毫都不會給你！」

「臭丫頭！」書包的重擊使繼父吃痛地縮回手，但他卻不死心，再次伸手拉住季苡萱的手腕。

掌內滑膩的觸感令他眼裡發紅，「皮膚真好啊！在給別人用之前，不如我先享用。」

季苡萱用另一隻手，將手邊的各種東西往繼父身上砸，一邊使盡全力想抽回自己的手，奮力掙脫眼前的男人。

「放開我！」

繼父不理會她的掙扎。男人與女人的力氣差距太大，他大手施力，「嘶啦」一聲，季苡萱的制服就被撕開了。淋過雨的肌膚暴露在空氣下，使季苡萱起了一身雞皮疙瘩。

繼父眼底的慾望顯而易見，拽著她往房間的方向而去，她看出繼父的打算，隨即高聲朝外呼救，「有沒有人？救命啊——」

外頭雨聲大到幾乎蓋過她的呼喊，看著家門離自己越來越遠，季苡萱的心湧起絕望的噁心感，淚水從眼眶滑落，嘴裡仍不停喊著，直到沙啞。

突然有道黑影閃現，季苡萱還沒回過神，只感覺一直拽拉自己的大手鬆開了，隨即是繼父慘烈的大叫。

季亦楓身上那件繡有虎頭的黑外套，早已被雨水打溼，他急忙衝進來，像發了狂般地朝繼父身上打。不管繼父如何反抗和求饒，季亦楓的拳頭仍如外頭滂沱的大雨，不斷地落在繼父身上。

跌坐在地的季苡萱，被剛剛繼父的行爲嚇得腿軟、站不起身，看著哥哥的背影，她的害怕逐漸消散，胸口反倒盈滿氣憤的情緒。看著繼父被哥哥暴打，季苡萱忍不住朝哥哥哭喊：「哥、哥哥……打他！快打他！」

在季亦楓的拳打腳踢下，繼父的反抗越來越弱，就連發出的聲音與氣息也逐漸削弱，趕忙討饒，「求求你……我、我錯了……以後不會了……」

季亦楓突然停手，下一秒，他轉身拿起一旁的酒瓶，眼底滿是怒火地看著倒臥在地、爬不起身的繼父，像是在看一隻螻蟻。

季苡萱見狀，瞪大了雙眼，心裡頓時感到不安，她想上前攔阻卻爲時已晚……

哐啷——

「哥哥！」季苡萱朝季亦楓大喊，血色在頃刻間占據她的視線。

當繼父昏厥在地，季亦楓才如大夢初醒。他扔開手上的破酒瓶，看了看頭破血流的繼父，地上的血和從他身上滴落的雨水，混合出一道蜿蜒的血河。

季苡萱扶著牆壁走向哥哥，每一步都感覺身軀沉重。她的視線轉向倒臥在地的繼父，雖然從胸膛的起伏能看得出還有呼吸，但地上滿是鮮血，嚇得她顫聲開口：「他、他不會有事吧？」

見季亦楓沉默不語，季苡萱趕緊轉身去找電話。

「苡萱！」季亦楓拉住她的手腕。

季苡萱掙扎，「快叫救護車啊！」

季亦楓扶住她的雙肩，激動地開口：「季苡萱，他剛剛想傷害妳！」

「我、我知道，不過……」季苡萱餘光瞥向昏倒的繼父，喉頭一哽，「他會不會死？如果他死了，你……又該怎麼辦？」

季亦楓張了張口，他看清妹妹眼中的擔憂，雙手鬆開她的肩膀。

他緩緩閉上眼，深吸一口氣，再次睜眼時，眼底有著易見的決絕。

「哥……」

季亦楓沒說話，但他的眼神不知為何令季苡萱更加不安。

掃了眼妹妹身上被雨水浸溼的制服，注意到季苡萱克制不住的顫抖，季亦楓褪下身上那件繡有虎頭的外套，披到她的肩膀上。

「苡萱……以後妳要好好照顧自己。」季亦楓抬手輕拍妹妹的頭頂，就像季爸爸走的那天，他也是這麼的溫柔。

季苡萱瞠大眼伸出手，還沒來得及拉住季亦楓，就見他迅速地轉身，朝外頭的大雨衝去，身影轉瞬就消失在她的視線範圍。

那是她最後一次見到哥哥。

不久後，警察和救護車抵達季家，季苡萱被女警攙扶走向警車，鄰居全都出來看熱鬧，外頭有如吵鬧的早市，讓人還忘現在仍是晚上。

季苡萱到警局才知道，哥哥離家後就立刻自首。

發生了這麼大的事，警方通知兄妹倆唯一的親人，也就是季爸爸的弟弟到警局。叔叔趕到警局，看見把自己縮在椅子上的季苡萱，心疼地嘆了口氣。

在叔叔的陪同下，當天季苡萱做筆錄一直做到深夜，在這期間，她最常說的一句話就是「我哥呢」。而此刻，季亦楓已被法官拘提。

局內的女警見季苡萱被凍得雙唇發白，勸她換身衣服，並伸手想替她脫下早已溼透的外套。

「不要碰我！」季苡萱牢牢地環抱自己。她緊抓身上的外套，彷彿全身長滿刺的刺蝟，警戒地看向女警，「我沒事……能讓我見見我哥嗎？」

聞言，女警搖了搖頭。

天亮了，雨也停了，做完筆錄的季苡萱早已可以離開警局，但她還是坐在椅子上不願離開，且徹夜未闔眼。

接近中午的時候，醫院傳來消息——繼父失血過多，搶救無效過世了。而季亦楓以殺人罪被移送至地檢署。他拒絕與家人會面，因此季苡萱無法見到他。

歷經了波折的一晚，季叔叔帶著季苡萱回季家收拾。

只見季苡萱呆站在門外，遲遲不願進門。季叔叔也不強迫她，注意到她身上的外套與制服還未換下，臉上掛滿淚痕，整個人顯得憔悴不堪。

「我去幫妳拿些衣服，到我家去吧！」季叔叔才剛新婚，買下一間公寓，雖然空間不大，還是勉強可以多收留一個人。

臨走前，季苡萱沒有再回頭看家門。對她來說，沒有家人的家就不是家了，更何況那扇門後只有令她通體發寒的記憶。

後來，季亦楓因過失致死入獄，期間季苡萱多次申請會面，卻都被拒絕了。

叔叔跟嬸嬸的工作都忙，平時抽不出時間照顧她，加上嬸嬸不待見她，所以季苡萱幾乎足不出戶、整天都待在家，就算段歆找她也不回應。

叔叔見她情緒低落，便同意讓她暫時不用去學校上課。

某天深夜，她瞞著叔叔和嬸嬸獨自到一座橋，橋底下是一道大河，她看著平靜的河面，淚水不自覺從她的眼角湧出。

她垂在身側的雙手緊握成拳，腦海中縈繞著哥哥轉身離去前的叮囑——

「妳要好好照顧自己。」

她也想好好照顧自己，但在下著雨的那晚，她的世界就崩塌了。親人一個個離她而去，她只能眼睜睜地看著他們離開，卻無能爲力。

再乖、再努力、成績再好又有什麼用？她感覺自己在這世間是如此多餘。孤寂令她窒息，每每閉眼就想起那個雨夜，繼父令人作嘔的眼神與哥哥決絕的背影。

她想念過去盈滿麵包香的店鋪，思念爸爸忙碌的身影和媽媽和藹的笑容，還有一家人開心幸福的日子。

但都回不去了，如今只剩她一個人，而她……不想再一個人了。

她將雙手搭上欄杆，橋下湧起的風冷得她心尖發顫，卻不及她心底的寒意。

她真的盡力了。

「喂，妳在幹麼啊？」

突然一聲高喊，一陣力量從手臂傳來將她拽回，她抬眼對上一雙晶瑩的眼眸。

第二章

一名身穿制服，頭髮卻豔紅如火的少女，皺緊眉頭盯著季苡萱。

接著，幾名年紀稍大的女生跟上紅髮少女，「小紅，妳幹麼突然跑掉啊？」

小紅緊抓著一名女國中生，神情有些不對勁，同行的女子上前扶起兩人，「發生什麼事了？」

季苡萱的目光短暫停留在少女伸出的手臂，上頭有顯眼的圖騰刺青。

聽到友人的問話，小紅搖了搖頭。然而，她沒有放開季苡萱的手臂，對著她說：「妳如果就這樣跳下去，妳爸媽肯定會很難過的。」

「……他們都不在了。」季苡萱低聲開口。

這話讓周遭的人們沉默。

季苡萱抬起眼，她們眼中透出一絲憐憫，臉上滿是同情。最後，季苡萱緩緩轉過頭，將視線投向橋下的河面。

「我！我會難過！」一雙微涼的手捧住季苡萱的臉，小紅強迫地將她的視線轉向自己，堅定地說：「我知道妳一定覺得活著很累、很痛苦，但妳沒有活下去怎麼知道下一秒不會變好？」

看著小紅晶瑩的雙眼，季苡萱的淚水自眼眶滾落，淌過她的臉頰，也流過小紅的指尖。

「會、會變好嗎……」

「會的。」小紅抱住她，輕拍她顫抖的背，低聲重複，「一定會的。」

一番話令季苡萱哭得雙眼都睜不開。

那天是小紅畢業的日子，幾個姊姊要替她辦畢業派對。在前往派對的路上，小紅救下季苡萱，也因那日的相遇，兩人逐漸熟識。她羨慕小紅高中畢業就開始工作，生活過得相當自由且恣意。

然而小紅卻告訴她，雖然自己的父母都健在，但早已離婚，也分居各地重組了新家庭。不過，即使她沒有父母的陪伴，身邊還是有朋友。

「妳想放棄的時候那麼努力，爲什麼就不能再努力一點活下去？」

小紅的話猶如當頭棒喝，讓季苡萱不再有輕生的念頭，因爲一旦放棄了，什麼都結束了。而哥哥的四年刑期定讞，更讓她重拾活下去的勇氣。

季苡萱站在叔叔家門外，還沒細聽完裡頭的動靜，忽然傳來的開門聲嚇了季苡萱一跳，原來是住在隔壁的高老太太。

高老太太開門探頭，對著季苡萱說：「妹妹，去跟妳叔叔和嬸嬸說，他們家小孩哭很久了，早上哭、半夜也哭，都打擾到我了。」

季苡萱瞥一眼門，高亢的啼哭聲依舊持續著。她冷哼，「阿婆，妳有看過叫小嬰兒不要哭，他就會乖乖閉嘴的嗎？」

高老太太聞言，看了看季苡萱的桃髮，嘖了一聲，「反正就是嫌你們家吵啦！現在年輕人頭髮染成這樣，眞是不像話！」語畢就「砰」地一聲把門關上了。

季苡萱聳了聳肩，正猶豫著要不要進門，面前的大門突然打開。

「苡萱，妳回來了？」叔叔看到她站在門外對她說道。

「……嗯。」季苡萱點頭。

「吃過飯了嗎？」季叔叔問道，低頭看她只拿著一本日記本，連書包都沒背，眼底閃過一絲黯色。

「進來吧！」他退了一步示意季苡萱進門。

門內哭聲持續，季苡萱想起剛剛高老太太的話，轉頭對叔叔說：「剛剛隔壁阿婆說小亮吵到她了。」

季叔叔皺了皺眉，「唉……他最近哭鬧得厲害，我跟妳嬸嬸也拿他沒轍。」

兩人走進客廳，嬸嬸正抱著小亮哄著，一看見季苡萱與丈夫一起出現，臉色便逐漸冷了下來。

季叔叔走上前，伸出手想接過小孩，「小亮讓苡萱來哄吧！」

說也奇怪，小亮只要碰到季苡萱就乖巧得很，不哭也不鬧。

「哄了他就不哭嗎？」嬸嬸抱著小亮瞪了丈夫一眼，沒有放手的意思，隨即轉頭對季苡萱說：「妳今天又蹺課了吧？教官都打電話到家裡來了。」

季苡萱抿了抿唇，「明天不蹺課了。」

嬸嬸的臉色又冷了幾分，「那後天是不是又要——」

「苡萱應該還沒吃晚餐，妳去熱一些菜給她吃吧！」叔叔趕緊打圓場。

嬸嬸嘴角一抽，拿出手機，解鎖螢幕，點開外送APP，對季苡萱說：「現在外送這麼方便，點外送吃吧！」

「現在正是苡萱長身子的時候，吃外食營養不均衡……」叔叔還想說些什麼，季苡萱突然開口：「叔叔，我剛剛在外面吃過了。」

說完，她拿著日記本朝他們揮了揮，「那我先回房間了。」

不再看兩位的目光，季苡萱轉身回到自己的房間，外頭的談論聲卻隔著門板傳進。

「妳看看妳，爲什麼一定要把氣氛搞僵呢？」

「我把氣氛搞僵？她成天在外面惹麻煩，難道眞的不用管她，就這樣放任她？」

「唉……只要不是惹出大事就好，而且亦楓再幾年就出獄了，屆時再討論要怎麼辦吧！」

「我不管！忍受季苡萱一個人就夠了。她哥哥出獄的時候，季苡萱也成年了，他們兄妹倆就自己出去過生活！」

「妳小聲點，鄰居已經在抗議小亮的哭聲了……」

季苡萱聽著外頭的爭吵，輕撫咕嚕咕嚕叫的肚子坐在地上，拿出那隻摺得栩栩如生的紙魚，抿唇對著空氣輕嘆。

腦海裡忽地浮現了邱于豪今天出現在教室時的神情，她將摺紙魚放進外套口袋，心裡下了一個決定。

因爲季苡萱把書包放在學校，因此隔天在還沒打遲到鐘，校門也還沒關之前，季苡萱抱著一本綠色的日記本，大剌剌地走進學校。

「季苡萱。」

熟悉的嗓音從不遠處傳來，邱于豪拿著違規登記簿大步向她走來。

季苡萱心想，眞是完全不用費心找人。

「糾察隊長，你今天又要記我服儀不整嗎？」季苡萱一手插進外套的口袋，面帶微笑地看著邱于豪，俊臉上的嚴肅表情與她形成一大對比。

忽地，她腦中閃過一個想法，每回總看邱于豪板著臉，他笑起來應該挺好看的吧？

她前一天因爲髮色被記服儀不整，現在她依然沒有染回黑髮，一頭桃髮在人來人往的校門口格外顯眼，就連送孩子上學的家長，也忍不住多瞧她幾眼。

季苡萱還身穿寬大且不合身的外套走進校園。雖然學校有制服外套，但是校方不會限制學生在天氣冷時添加自己的外套。不過這件外套不像是女生的版型，還繡有一顆大大的虎頭，穿在個子嬌小纖細的季苡萱身上，像是小孩子偷穿大人的衣服。

聽聞她的話，邱于豪掃了她的頭髮一眼，沉聲開口：「下禮拜之前染回去。」邱于豪還記得之前說過要給她一週的寬限期。

這時，邱于豪注意到季苡萱懷裡的日記本，寫著「邱于耀」的那面正好朝著他。

他眼神閃過一瞬的光，隨即朝季苡萱伸手，「交出來。」

「這是我撿到的，現在歸我了。」季苡萱說完還抱著日記本退後幾步，彷彿害怕邱于豪會突然過來跟她搶。

邱于豪目光冷了幾分，語氣冰冷地道：「這不是妳的東西，那是——」

話還沒說完，不遠處有人在呼喚邱于豪，似乎需要他去支援登記學生違規。

看他有些懊惱的表情，季苡萱嘴角和眼底的笑意又更深了些。

她走近邱于豪，拿起日記本在他手臂上的糾察隊臂章拍了拍，「快要打鐘了，我先進學校啦！身爲隊長應該要恪守糾察隊本分，趕緊去幫忙登記吧！」

邱于豪伸手想抓住日記本，季苡萱發現他的動作，快速地將本子揣回懷裡，放輕聲音笑著說：「如果你眞的想拿回這本日記，午休到圍牆邊來。」

邱于豪下意識地皺起眉，盯著季苡萱漸行漸遠的身影，出神似地思忖她剛剛的話，直到糾察隊員喚了他好幾聲才回過神。

「隊長，你剛剛有登記季苡萱違規嗎？」糾察隊員問他，不禁將好奇的視線投向邱于豪手裡的登記簿。剛剛他看見季苡萱和隊長在一旁低頭交耳，不知道說了些什麼，邱于豪的眉頭就蹙起。

「沒有。」邱于豪搖頭。

「遲到？」糾察隊員瞠大眼。

邱于豪低頭看了眼腕上的錶，「還有五分鐘才打鐘。」

「服儀不整？」糾察隊員難以置信。

「已經通知她一週內把頭髮染回去。」

「還是……對當值的糾察隊員無禮？」這條違規條例可說是爲季苡萱而設。他想起季苡萱曾經對想抓她蹺課的糾察隊員過肩摔，別看季苡萱個子小，當時她可是打得隊員哭著跟教官舉報她的惡行。

聽到隊員的問話，邱于豪腦中閃過她將日記本拍在他臂章上的舉動，心想，應該不算吧？

見邱于豪沉默不語，糾察隊員倒抽一口氣，「她竟然連隊長都敢打？您有沒有怎麼樣？」

「想到哪去了，她今天一項違規都沒有。」

邱于豪不理會隊員的誇張反應，翻開手裡的登記簿，朝著帶著顯眼耳環進校的學姊走去。

「學姊，請交出耳環，放學再到訓導處領取。」

「我剛打耳洞，不戴耳環會癒合的！」學姊嘟起嘴向邱于豪求情，「你們就不能睜隻眼閉隻眼嗎？」

「不好意思，這是規定。訓導處備有一次性的耳針跟酒精，學姊可以消毒後使用。」邱于豪沉聲道，絲毫不接受學姊的討饒。

學姊撇撇嘴，側首取下顯眼的耳環，不甘願地交給邱于豪，「要不是看你長得帥，早就整死你了。」

邱于豪接過耳環，同時遞出登記簿，他嘴角揚起，笑意卻沒有到達眼底。他語氣謙和地開口：「麻煩學姊填寫。」

他笑起來的模樣比陽光更加耀眼，學姊見狀立刻就紅了臉，迅速將自己的姓名和學號寫在登記簿上，還留下自己的聯絡方式，她柔聲說：「哎，學弟，放學有沒有空？拿完耳環我請你吃飯。」

「學姊的好意我心領了，我還有事先去忙。」邱于豪收回登記簿，看都不看學姊留下的聯絡方式，便將登記簿塞到身旁的隊員手上，收好耳環，轉身走向訓導處。

見邱于豪不領情，學姊不滿地鼓起雙頰，氣呼呼地走進學校。

糾察隊員看著邱于豪離開的背影，抱著登記簿喃喃低語：「隊長平時都不笑的呀！難道是今天早上起床撞到頭了？」

早上的課季苡萱幾乎都在睡夢中度過。

昨天晚上小亮哭了大半夜，叔叔跟嬸嬸哄不來，又怕吵到鄰居，只好請季苡萱幫忙哄孩子。

「苡萱，不好意思……」叔叔愧疚地看著抱著嬰孩的姪女。

季苡萱抱著小亮輕輕哄著，小亮立刻停止哭泣，甚至對她展開笑容，就連親生父母抱他都沒這麼乖巧。

「我也睡不著，叔叔明天還得上班，你們快去睡吧！」季苡萱伸出手逗弄小亮圓潤的臉頰，逗得他咯咯地笑。

季苡萱一直照顧小亮到凌晨，早上出門前，她發現桌上有嬸嬸替她準備的早餐，儘管只是簡單的荷包蛋吐司，也算是謝過她幫忙哄孩子。

整個早上季苡萱幾乎都趴在桌上睡得不省人事，每科老師也都放棄她了。

午休時間的鐘聲響起。不久後，班長陳靖雯走到季苡萱的座位敲了敲她的桌面。

「季苡萱，起來了。」見她沒有反應，陳靖雯伸手搖了搖她的肩膀，「快起來。」

「嗯……要交作業了嗎？但我沒寫……」

季苡萱仍閉著眼，從抽屜裡摸出一本作業簿，低喃：「空白的老師也收嗎？」

看她拿出了英文作業簿，陳靖雯感到相當無語，早上根本沒有上英文課。

陳靖雯又搖了她兩下，「沒有要收作業！」

季苡萱終於睜開愛睏的眼睛，陳靖雯指向門口，「外面有人找妳！」

「找我？」

如果是王鑫駿來找她，早就大搖大擺地走進教室了，哪還需要班長來喊她。

季苡萱的視線循著班長比的方向望去，邱于豪就站在教室外，挺拔的身型惹來許多女同學的關注。

震驚！糾察隊長兼學霸校草，居然來找學校頭號問題人物？

同學們的矚目，使季苡萱不禁腦補起八卦標題，直到聽見陳靖雯的問話，思緒才被拉回。

「妳跟邱于豪認識嗎？」

此話一出，教室裡的同學紛紛將目光投向她們，尤其是女同學，個個瞪大雙眼看著季苡萱，幾乎要看穿她。

而教室外的邱于豪不曉得教室內的事，深邃的雙眼緊盯季苡萱，就像在告訴她，「立刻、馬上、現在出來」。

季苡萱像是沒看到他充滿威脅的眼神，慢悠悠地從抽屜裡拿出日記本，自座位起身，回應陳靖雯的提問，「班長，妳也好奇我們的關係嗎？」

陳靖雯下意識地輕皺眉頭，雖然先前也有糾察隊來找季苡萱的情況，但是這還是第一次由隊長親自來找人。任誰都想不通，成績優異的邱于豪跟季苡萱的關聯。

陳靖雯看了眼她桃色的頭髮，語重心長地說：「妳還是找個時間趕緊把頭髮染回來，邱同學不是能睜一隻眼閉一隻眼的人。」

原來在其他人眼裡，她就是被邱于豪提去見教官的罪人。季苡萱的嘴角抽了抽，拿起日記本往外走，邁出的每一步都十分用力。

季苡萱不悅地走出教室，見狀邱于豪挑起眉，想說是不是哪裡惹到她。

注意到季苡萱手裡的日記本，邱于豪正要開口，就被她挽住手臂，柔軟的嗓音隨即傳入耳中，「不是說要等我過去嗎？你怎麼來了？」

季苡萱一改不悅的表情，擺出嬌滴滴的姿態挽著邱于豪撒嬌，這一幕讓人跌破眼鏡，此起彼落的抽氣聲自周遭傳來。誰都無法想像，令人頭痛的太妹跟大義凜然的糾察隊長居然是這種關係？

邱于豪的手臂似乎因她突如其來的舉動而僵硬不已，正想抽回手，季苡萱的低語便傳入耳中，「想要日記本，就照我說的做。」

聞言，邱于豪停下動作，沒有抽回手臂，身體不自然地呆站在原地。

「吃過午餐了嗎？」季苡萱朝他眨了眨眼，面帶笑容的她，眼底迸出銳光。

邱于豪面無表情地開口：「沒有。」

季苡萱嘟起嘴，「怎麼還沒吃？」拉著邱于豪往樓梯走，『可不能讓親愛的餓肚子，走走走，我們去吃飯！』

邱于豪本想抽回手自己走，低頭看高度只到他胸口的嬌小少女，再瞥了眼周遭注視著季苡萱的男同學們，他的肢體便不再僵硬，任由季苡萱拉著自己邁步向前。

兩人看似親密的互動，讓在場的女性既羨慕又嫉妒，一聽到他們的對話，周圍的女同學難受地手捶心窩，想不到邱于豪居然沒有甩開季苡萱，頓時心碎一地。

兩人步下樓梯時，在樓梯間與段歆擦身而過，她停下腳步看向匆忙下樓的那抹桃色。

「那不是季苡萱嗎？跟她在一起的是……邱于豪？」段歆身旁的同學驚訝地瞠大眼，轉頭朝出神的段歆問道：「他們認識啊？」

段歆搖了搖頭，「我不清楚。」

同學拉她的手晃了兩下，續道：「去年校慶時，妳不是跟邱于豪變很熟嗎？你們可是全校公認最登對的耶！季苡萱怎麼會拉著他？該不會是她使什麼手段勾引——」

「她才不會！」段歆出聲打斷。

原本就認識彼此的邱于豪跟段歆，因爲在去年校慶舉辦的校草校花選拔各自當選，加深了兩人的交集，也讓他們更加熟稔。

見對方似乎被她突然的情緒嚇傻，段歆連忙改口，「我的意思是，我們跟季苡萱又不熟，就不要亂臆測了，而且邱于豪的交友圈我也管不著吧！」

同學被她的話堵得一口氣提起來，有些激動地說：「哪會管不著？全校多少女生暗戀邱于豪？多少人跟他示好都被拒絕？放眼整個年級，不，整個學校就只有妳能跟冷冰冰的邱于豪談笑風生，說你們沒在一起都沒有人信！」

段歆皺起好看的柳眉，「我們眞的沒在一起，而且于豪不是冷冰冰，只是不太喜歡表達，這麼多人喜歡他，就代表他人挺好的呀！」

「妳哦，就是想的這麼簡單，當心哪天被季苡萱那個太妹欺負。」同學伸手戳了戳段歆的額頭。

段歆摀著額頭輕應了聲，臨走前她的目光忍不住瞥向樓梯盡頭，忽地想起昨天放學邱于豪問她認不認識季苡萱，以及季苡萱看到邱于豪就跑的激動反應。

「她才不會欺負我……那時候明明是我欺負她。」

她的喃喃低語讓人聽不清，同學側過頭，「妳剛剛有說什麼嗎？」

「沒有，我們快回教室吃飯吧！」段歆立刻揚起笑容，拉著朋友走回教室。

季苡萱拉著邱于豪一直走到舊教學樓的圍牆邊才停下。

邱于豪盯著少女外套上的虎頭，悠悠開口：「不是要去吃飯？」

學校除了團膳供餐，學生們也會到位在舊教學樓附近的福利社購買午餐。季苡萱往這邊走，使邱于豪下意識地認爲要去福利社。

「你很餓嗎？」季苡萱環視周遭，確定沒有人跟著他們，立刻歛起臉上的笑容，同時甩開邱于豪的手臂。

她拿出手機點開外送APP，朝邱于豪揮了揮手，「附近有家小館的炒河粉還不錯，你要不要來一份？」

見她一改態度，邱于豪也不惱，負手對她淡聲道：「校規規定，沒有師長同意，學生禁止在校內叫外送。」

季苡萱瞥了眼邱于豪，這傢伙是糾察隊精神發作嗎？

「又香又美味的炒河粉，你眞的不吃吃看嗎？」她冷笑著說，想用美食誘惑他。

聽到季苡萱的話，雖然邱于豪表面上無動於衷，還是不自覺地嚥了口水。他沉聲開口：「我鐘響就過來了，沒想到某人還在睡大頭覺。」

「我說午休時間在圍牆邊見，你大可吃飽再來啊……」季苡萱嘖了嘖嘴取消外送訂單，睇起眼瞪向邱于豪，「你自己不先吃飯，還跑來我們教室外。」

邱于豪睨了眼她懷裡的日記本。

順著他的視線，季苡萱眼角一抽，「邱于耀的日記讓你這麼在意嗎？」

從她口中聽見熟悉的名字，邱于豪的神情閃過一絲恍惚，但隨即板起臉，恢復一如既往的冷漠表情。

「那不是妳的東西。」他冷聲開口的同時朝季苡萱伸出手，「是屬於我哥的。」

季苡萱挑眉，「果然是兄弟嗎？」名字這麼相似，不難猜到兩人的關係。

她沒有交出日記本，而是抬起頭目光堅定地看著邱于豪，在視線交會之時，一字一句地說：「我覺得學長不是因爲課業壓力大而選擇自殺。」

從她開口喚出「邱于耀」時，邱于豪就猜到她大概知道哥哥的事。

邱于耀自殺一事並非校園中的祕密，而邱于豪自入學起就備受師長們的關注，除了他的成績優異，更因爲他是邱于耀的弟弟。

他們擔心他會步上哥哥的後路。

邱于耀的許多獎盃和獎狀，被妥善收在家中的收納箱。看著那些，邱于豪就會想起哥哥坐在書桌前，用考卷摺出一隻又一隻栩栩如生的紙魚。

每回在學校面對師長們對他過度的關懷，他總會想起哥哥的話——

「人們總是不記得你九十九次的成功，只記得你那一次的錯誤。」

當時邱于豪不懂哥哥的意思，他看著一張張考卷上的滿分，納悶哥哥有什麼地方做錯了嗎？

後來他懂了，比起邱于耀的獲獎無數與優秀才能，被學校和家族記得的事，仍是自殺一事。

邱于豪始終想不透，爲什麼總是面帶微笑、態度謙和的哥哥，會在放榜隔天選擇結束生命。難道眞的如長輩們所說，是課業壓力太大導致他走上絕路嗎？

每當看見家人們望著哥哥照片的哀戚面容，他心中的疑惑怎麼樣都問不出口。

季苡萱的一番話，勾起他藏在心裡多年的疑問，看著面前神情倔傲的少女，邱于豪的眼底掠過一絲異樣。

季苡萱緊盯眼前的少年，看著他的眼神從防備的深沉到充滿光芒，她嘴角輕揚，「我們一起找出原因吧！」

語畢，季苡萱再次將日記本納入懷裡，續道：「然後我就把它給你。」

半晌，一股微風吹來，帶起季苡萱那頭桃髮，看著她那頭飛揚的桃色髮絲，邱于豪對那張精緻的面容開口問，「爲什麼？」

季苡萱抬手將被風吹亂的髮勾到耳後，抱著日記本後退一步，語氣有些任性，「日記本是我撿到的，什麼時候還你，當然由我決定。」

顯然她誤會了他的意思，邱于豪抿了抿唇說道：「人已經離開這麼久了，爲什麼現在才要找出原因？」

邱于耀離世後，這個名字和人就成爲邱家不願提起的地雷。然而，不論是來自家人還是校方，眾人的關懷都令邱于豪備感壓力。如果當時他們也像這樣關心邱于耀，那他還會走上絕路嗎？

邱于豪只要想起最後一次看到哥哥的早晨，懊悔的情緒就會湧上心頭。那天他甚至還跟哥哥置氣、漠視他眼底轉瞬消逝的黯淡……

季苡萱掀唇一笑，「曾經活得這麼鮮明的人，你們卻要當他從不存在。」她伸出食指跟拇指，兩指間拉開一點點距離，「難道你眞的一點也不想知道嗎？」

邱于豪緩緩閉上眼，掩住眼中失去家人的沉痛，重新睜開眼時，眸底已是一片清明。

邱于豪不想也不願忘記最親密的手足，他知道心中的結只有自己能夠解開，但過了數年，卻沒有一次鼓起勇氣去面對。

然而季苡萱的話給了他勇氣，雖然哥哥不在了，過往的印象仍是如此地鮮明，他眞眞正正的活過，未來也還會存在於他的心中。

「找到眞相後，就要把日記本給我。」

季苡萱已經知道他的決定，她點頭，「放心好了，我說到做到。」

她眉眼染上的笑意，讓邱于豪瞬時移不開目光，他沉聲問，「妳爲什麼想跟我一起調查？」

「你哪來這麼多爲什麼可以問？」季苡萱癟起嘴嘟囔。

隨後，她眼底的笑意漸漸消失，抱著日記本的手緊了緊，抬頭看向湛藍的天空。

微風再次拂過她的髮絲，邱于豪看不清她的表情，只聽見她淡淡傷感的語調，輕輕拂過他的心尖。

「我想知道是什麼原因，讓一個人盡了全力也不想活下去。」

「季苡萱，妳、在、幹、麼？」

午休時間只剩一半，邱于豪想到福利社買些果腹的東西，一轉身，餘光瞄到季苡萱的動作，只見她已經翻身上圍牆，動作十分熟練。

最後幾個字邱于豪幾乎是從牙縫擠出來的，她是打算當著糾察隊長的面蹺課嗎？

季苡萱跨坐在圍牆邊，白皙的腿在牆緣晃了晃，邱于豪不好意思抬頭，只好將頭瞥向他處對她說：「妳又想違反校規？」

「規矩是用來打破的，牆當然是蓋來翻的。」季苡萱不以爲意地聳肩，朝邱于豪招手，臉上掛著的笑容比陽光更燦爛，「等炒河粉外送到這裡，午休都要結束了，不如直接去店裡吃。」

邱于豪眸色深如潭，她居然還想著炒河粉？

他不發一語地盯著跨坐在圍牆上像是隨時會出逃的少女。陽光灑在少女淺色的髮上，彷彿鍍了層柔光。

她臉上掛著痞痞的笑容，一手抱著日記本，並朝他伸出空著的手，「這道牆後除了有香噴噴的美食，或許還有我們想找的眞相，要一起走嗎？」

視線對上那雙湛澈的星眸，邱于豪看著面前的少女一言不發。

季苡萱以爲他不會有任何動作，忽然間，一隻大手搭上她的手，微涼的觸感令她呼吸一滯。

舊教學樓的圍牆邊恢復了寧靜，過了一會，段歆從暗處走出。

她望著無人的牆邊，抿緊唇，垂在身側的雙手忍不住揪緊制服衣襬。直到響起午休結束的鐘聲，她才離開舊教學樓，腳尖一轉，朝訓導處的方向走去。

✦

午後的陽光格外耀眼，季苡萱走在豔陽下，用手裡的日記本遮擋光線，雙眼輕瞇、腳步輕快。

邱于豪走在她身後僅幾步之遙，不時左顧右盼，但臉上還是一如往常的冷靜。他將目光鎖定在前方的少女，陽光從她的髮絲間淌下，光線照在她的粉髮，亮眼的髮色顯得格外溫柔，令他不自覺地伸出手，在指尖即將觸碰之際，前方的她忽然轉過身。

「走快點啊！」

季苡萱回過頭，只見邱于豪把手插在口袋裡，臉上神情有異。她露齒一笑，「怎麼？難道這是糾察隊長第一次蹺課嗎？」

「是出公差。」邱于豪抿了抿唇，從口袋裡拿出一張寫得密密麻麻的紙條。半個小時前，邱于豪伸手搭上季苡萱的掌，掌心柔軟的觸感令他眸色一沉。

「要我拉你一把……哎呀！」一股力量從下方而來，跨坐在圍牆上的季苡萱，登時失去平衡朝下跌去。

圍牆有一個半的她這麼高，季苡萱下意識地閉起眼等待疼痛降臨，卻感覺一股暖流傳來，下一秒她就撞進溫熱的懷抱。

一股淡淡的沐浴乳香氣在鼻尖盈繞，她還沒回過神，就聽見頭頂傳來低沉的嗓音。

「別想蹺課了，想出校我帶妳出去。」

仰頭對上邱于豪的雙眸，深邃如潭的眼看不出他的情緒。

在這麼近的距離下，季苡萱第一次端詳他的眼，發現他有一對又濃又長的睫毛。兩人的身軀緊貼，搭在腰上的大掌傳來溫度，讓人分不清此刻的悶熱是因爲正中午，還是人的體溫。

季苡萱拉回心神，立刻推開邱于豪，起身站穩後別開臉，「你打算要怎、怎麼出去？」說出口的話控制不住地結巴，她懊惱地抬手揉揉自己的眉心。餘光瞥見邱于豪轉身朝外走，她趕緊邁開腳步跟上。

加速的心跳已逐漸平復，季苡萱發現這條路不是往教室的方向，而是朝著訓導處，心中警鈴大作，這傢伙該不會要去跟教官舉發她吧？

她追上前，一把拉住邱于豪的手腕，「喂，我在問你話呢！你這個人實在是——」她費了點力氣才讓他止住腳步。

「妳如果想跟我一起調查我哥的事，就好好聽我的。」邱于豪出聲截斷了她的話，深邃的眼眸淡漠地睨著她。

聞言，季苡萱眼角一抽，憑什麼要她對邱于豪言聽計從？

拒絕的話到了嘴邊，這時，不遠處傳來呼喚邱于豪的聲音。

兩人循著聲音望去，教官正走出訓導處，朝他們的方向走來。

見狀，季苡萱趕緊放開邱于豪，腳尖一轉，打算逃跑，但有人動作比她更快，一雙大手搭上她的肩，一股力量將她牢牢地按在原地。

「于豪，已經是午休時間了，怎麼沒回教室休息？」看見站在邱于豪身側的季苡萱，教官臉色一變，「季苡萱，妳又闖什麼禍了？」

季苡萱甩不開肩上的箝制，不悅地轉頭狠瞪邱于豪。她對教官說：「我什麼都沒做。」

聽到這番話，邱于豪的眼神閃了閃，瞥了眼剛剛打算翻牆的某人，心想，不是沒做，是「還沒做」。

教官自然是不相信季苡萱的話，他對著邱于豪說：「我收到不少家長投訴季苡萱染髮，她就交給我吧！你可以先回教室休息了。」

聞言，季苡萱冷睥看向邱于豪，這傢伙果然一開始就打算讓教官來抓她，才帶她來訓導處！男人的嘴，騙人的鬼！

感受到她帶有怒氣且不信任的眼神，邱于豪搭在她肩膀上的手稍稍一鬆。

「教官，其實我們要出校一趟去採購文具，來訓導處是想請您簽外出單。」邱于豪搶在教官準備帶走季苡萱之前開口。

師長們不時會委託邱于豪出校去附近採買。學校有規定學生不能叫外送，但邱于豪有時候有外食可以吃，是因爲老師們讓邱于豪外出時，會讓他偷偷從校外帶一點零食回來，也時常會分他一份。

「外出單？」教官臉上寫滿驚訝，「你跟……季苡萱嗎？」

邱于豪點點頭，「嗯，方主任稍早請我去買些文具。」

方主任之前是邱于耀的班導師，後來成爲主任。在邱于豪入學後，對他格外地照顧。

聽他提及方主任，教官臉上的表情和緩了些，但看向季苡萱的眼神還是帶著疑惑，「那為什麼她會跟你一起？」

「是我拜託她的。」

清亮的嗓音從邱于豪和季苡萱的身後傳來，兩人轉頭望向聲源，見段歆朝他們走來，眼底和嘴角都帶著笑意。

段歆的靠近，使季苡萱下意識退了一步，半個身軀藏在邱于豪的身後。她的小動作全數落入邱于豪眼裡，他的眸底閃過一瞬。

段歆的到來，使教官的表情更加和緩。

「段歆，妳的意思是？」

「是我拜託他們一塊去採買文具的，因為我今天生理期來，不太方便出公差。」段歆說起謊來連眼睛都不眨，努力地替這兩人掩護。

「那怎麼會拜託季苡萱呢？」教官始終想不通，忍不住質疑。

校內人人皆知季苡萱是個問題人物，無法跟品學兼優的段歆聯想在一起。教官懷疑兩個人的關係有那麼好嗎？在學校裡從沒印象這兩人聚在一起過呀！

「因為……哎唷！」段歆還沒解釋完，忽然摀住肚子蹲下身，「好疼呀！」

見她臉色發白，教官也著急了，趕忙問道：「妳還好嗎？」

「好痛……」段歆乾脆把頭埋到雙膝間，痛苦地悶哼。

季苡萱感覺外套的袖襬被人拉了一下，她抬頭看了眼面色平靜的邱于豪，視線再轉向蹲在地上起不來的段歆，似乎明白過來。

「教官，我怕方主任等太久，先把外出單放在你桌上了。」邱于豪開口說道。

「好。段歆，要不要教官陪妳去保健室？」教官還在關心段歆，聽到邱于豪的話，想也不想就答應了。

聽到教官的答覆，邱于豪立刻帶著季苡萱進訓導處，快速塡完外出單，放在教官桌上後，便匆匆離開。

直到他們的身影消失在走廊盡頭，段歆才抬起頭，抹了抹發白的臉對教官說：「謝謝教官關心，我感覺好一點了。」

教官一愣，看她的臉色還有些蒼白，「眞的沒事嗎？要不要去保健室休息一下？」

「沒事、沒事，謝謝教官，那我就先回教室休息了。」段歆擺了擺手，有禮地向教官道謝，轉身走回教室，嘴角掛著淡淡的笑意。

教官回到訓導處，看到桌上的外出單，眼角一抽，這才覺得有些不對勁，但邱于豪和季苡萱早就已經出校了。

「說到底還是蹺課嘛！」季苡萱伸手拿過邱于豪手裡的採買清單，「螢光筆、釘書針、立可帶……要買的還滿多的，當好學生眞辛苦，既要討好教官，又得替老師跑腿。」

邱于豪淡聲回應，「比起總是要躲避老師和教官的妳，這點辛苦算不上什麼。」

季苡萱嘴角抽了抽，這傢伙是在拐著彎說她躲躲藏藏嗎？

「至少我不用爲了順從或討好而扭曲自己。」她皺著眉說道。

季苡萱背對邱于豪，沒看見他的面色因這番話而僵了一瞬。

「喂，邱于豪！」發現邱于豪突然越過自己快步往前走，她趕忙把採買清單塞給邱于豪，揚起下巴道：「我們現在要去哪？」

雖然不情願，但是他說的話季苡萱還是清楚記得——如果要一起調查邱于耀的事就得聽他的。

視線對上她晶亮的眸，邱于豪瞇起眼，接過清單，不發一語地繼續向前，即使季苡萱在後頭嚷嚷也不應聲。

邱于豪的腿長，邁一步季苡萱就要追兩、三步。一路跟著他彎彎繞繞，季苡萱的額間布了層薄汗，正想開口罵他，一抬眼就看見餐館的招牌。

這不就是她心心念念的炒河粉小館嗎？

她看向邱于豪，少年的眉眼帶著淡淡的清冷。不知道他自己是否知曉，在面對她的注視時，他總會不著痕跡地別開眼。

被她盯得不自在，邱于豪清了清喉嚨，「正好我也想吃炒河粉，如果妳不餓——」

「當然要吃，都快餓死了！」季苡萱說完立刻邁步進餐館，對著老闆娘喊：「老闆娘，一份，不，兩份炒河粉。」

見他們穿著制服走進店內，老闆娘愣了愣，這附近的學校校風都很嚴謹，平常很少看到學生在上課時間出來閒晃，尤其爲首的少女還染了頭顯眼的桃髮。

「同學，現在是你們……」

邱于豪臉上帶著有禮的笑，向老闆娘解釋，「我們出公差，還沒吃午餐。」

眼前的少年面貌白淨出眾，笑容溫和且語氣誠懇，聞言，老闆娘便點了點頭，「你們要兩份炒河粉嗎？」

邱于豪轉頭看了眼已經挑好位置的少女，回頭對老闆娘說道：「三份，謝謝您。」

炒河粉一上桌，香氣撲鼻而來，原本肚子就餓的兩人立刻動筷，低頭專注地享用美食。

季苡萱用餘光看一旁的邱于豪，他可能也因為肚子餓，進食速度很快，但是動作仍十分優雅，顯得家教相當好。

邱于豪三兩下就解決了炒河粉，在兩人面前還有一碗完好的，季苡萱的炒河粉還有半碗，想了想便將那碗完好的河粉推向邱于豪，「喏，這碗給你吃。」

邱于豪挑眉，「妳不是肚子很餓嗎？」

季苡萱低著頭夾起河粉，眼神避開邱于豪的眼，「突然覺得飽了不行嗎？你如果不想吃的話……」

她伸手要拿回那碗炒河粉，但邱于豪的動作比她更快，接過炒河粉低頭吃起。看來他眞的餓壞了呢！季苡萱低頭吃著河粉，嘴角揚起弧度。

「妳打算去哪裡找線索？」邱于豪旋風似地解決第二碗炒河粉，他耐心等待季苡萱吃完才開口問道。

季苡萱擦了擦桌面，確認乾淨後，才拿出日記本。翻了好幾頁，上頭都被邱于耀用紅筆畫了一個大大的「×」。

「你看看這幾天的內容。」季苡萱遞過日記本，雖然日記的內文幾乎被紅色的×蓋過，但是仔細看，還是能分辨出下方的文字。

十二月三日　天氣：晴多雲

今天F請假。補習班發了考卷下來，這次又進步兩分，聽班主任說，這次我的落點分析F相當看好，說我是他教過最值得驕傲的學生。

十二月十四日　天氣：雨

公車因爲大雨誤點，補習班遲到了，F不僅沒有念我，還準備毛巾讓我擦乾身體，叮囑我不要感冒，會影響考試。短短幾句關心，就讓我發冷的身體都溫暖起來……

十二月二十四日　天氣：陰多雲

週末出門買東西的時候在街上遇到F，這是第一次在補習班以外的地方遇見他。穿便服的他依舊很帥，笑起來非常迷人。他說今天是平安夜，給了我一盒巧克力祝我聖誕節快樂，但這盒巧克力我完全捨不得吃。

十二月二十九日　天氣：晴多雲

……

仔細看過一篇又一篇的日記，邱于豪眸色越來越深。

他還記得，哥哥離世前的最後一個冬天，聖誕節前夕哥哥帶了一盒巧克力回來，他那時還問哥哥能不能分他吃。但他拒絕了，甚至擺出難得一見的嚴肅表情，叮囑邱于豪絕對不能動那盒巧克力，為此邱于豪還跟哥哥鬧脾氣。

邱于耀拿他沒轍，答應明天摺聖誕老公公給他，這才轉移邱于豪的注意力，不再追著他要巧克力。

見邱于豪陷入沉思，季苡萱問道：「怎麼樣？你是不是想起什麼？」

邱于豪從過往的回憶中拉回心神，對上季苡萱的視線沒應答，伸出修長的手指，指向日記裡邱于耀所寫下的「F」。

「被畫上×的日記，似乎都會有這位『F』。」

季苡萱點了點頭，這點她也有注意到，於是問邱于豪，「你有聽過你哥哥提過這個人嗎？」

「沒有。」在邱于豪的印象中，哥哥總是在念書，不是在補習班上課，就是在家裡的書桌前。

他很少聽哥哥提起學校和補習班的事情，尤其面臨大考，爸媽不許他去打擾哥哥，所以兄弟倆一天下來能聊上的話也沒幾句。從未自哥哥那聽說這位F……

不過從日記的內容看來，邱于耀相當喜歡對方，一提到F，總能感受到情竇初開的情緒。哥哥的這一面，是邱于豪從未見過的。

邱于豪的回答讓季苡萱垂下雙肩，連親弟弟都不知道，那他們還能去哪裡找線索呢？

她的反應落入邱于豪眼底，他將目光轉向日記，盯著內容想了片刻便開口：「我記得哥哥以前上課的補習班就在文具店附近，我們去那裡打聽看看吧！」

季苡萱雙眼一亮，「好！我們出發吧！」

邱于豪看了眼桌上的空碗，起身說道：「我去結帳，然後上個廁所馬上回來。」說完這話他仍不放心，「妳別趁機逃跑，否則回學校我立刻向教官舉發，蹺課加上矇騙師長，這可能會被記大過。」

季苡萱撇撇嘴，也不知道是誰以「出公差」的名義帶她出校的！

見他走向結帳櫃台，季苡萱才反應過來，對邱于豪喊：「我有錢能自己付啊！」

邱于豪沒理會她，結清三碗炒河粉的帳，就轉身去洗手間了。

季苡萱冷哼一聲並收回錢包，打算等邱于豪一回來，就把錢塞給他，她才不想欠人情。

「老闆娘，一碗炒河粉、一盤炒牛肉。」

響亮的嗓音自門口傳來，季苡萱循聲望去，一名散發痞氣的男人走進小館。

她定睛看，一見對方熟悉的長相，她立刻出聲喚：「阿坤哥？」

男人聽到呼喊聲，認出季苡萱，眉眼一舒，邊揮手打招呼，邊朝著她的方向走去。

「苡萱，這時間妳怎麼會在這裡？」阿坤拉了張板凳坐下。

「蹺……咳，我來出公差。」季苡萱不自然地說著。

阿坤一臉不相信，也沒繼續在這話題上打轉，隨即舉起手抹了抹自己蓬鬆的頭頂，朝季苡萱挑眉，「怎麼樣？小紅幫我吹的造型很好看吧！」

季苡萱看了眼他的造型點點頭。

阿坤追小紅很多年了，聽說從學生時期追到現在，但小紅一直沒有接受阿坤的心意。

和小紅因爲家庭因素高中畢業就出社會不同，阿坤是大地主的兒子，是不折不扣的紈褲富二代，高中時還是個小霸王，成績差到退學邊緣，就連大學都是他爸塞錢補滿他的學分。

阿坤常常光顧小紅工作的髮廊，還會帶他的一干小弟去，鬧得小紅不能好好做生意，時常板起臉趕走他們。

季苡萱與小紅熟識後，就常常去小紅的髮廊，久了久之也跟時常光顧的阿坤碰過多次面。有時候阿坤會帶飲料或小吃給小紅，也會準備季苡萱的份，兩人也逐漸熟稔起來。

阿坤注意到桌上有三個空碗，挑眉道：「妳還在生長期嗎？今天居然胃口這麼好。」

季苡萱擺擺手，「沒有啦！這是——」

「季苡萱。」

身後忽然傳來低沉的呼喚，季苡萱聞聲回過頭，是邱于豪。

邱于豪看了坐到他們這一桌的男人，眉頭輕輕一皺又迅速恢復平靜。

「啊！」

阿坤的視線朝著聲源望去，一看清邱于豪的臉，雙眼倏地瞪大，伴隨著驚恐的大喊聲摔下板凳，發出的聲響吸引了餐館裡的所有目光。

季苡萱趕緊起身去扶阿坤，阿坤卻推開她的手，伸手指著邱于豪，顫聲開口：「你、你怎麼會在這……」

阿坤的臉色蒼白，神情寫滿驚恐。季苡萱認識的阿坤總是風流倜儻、走路有風，從未看過這樣驚慌失措的他。

循著他的手指，季苡萱看向眉頭緊鎖的邱于豪。

邱于豪上前一步，阿坤立刻往後退，他彎下腰，沉聲問阿坤，「你認識我？」

阿坤張了張嘴，想說出口的話又吞回肚裡，他用力搖搖頭，臉色又白了幾分。

「阿坤哥，你認識他嗎？」季苡萱扶他起身，阿坤沒有回答，推開她轉身就跑出餐館。

「阿坤哥！」季苡萱高聲呼喚。

「喂，你沒付錢！」

老闆娘端著炒河粉走出廚房，朝著阿坤的背影大喊，但他就像身後有洪水猛獸般頭也不回地離開。

季苡萱疑惑的眼神，在阿坤離開的方向和眸色深邃的邱于豪間穿梭，「你認識阿坤哥嗎？」

邱于豪搖搖頭，他從來沒有見過阿坤，但從他的反應看起來……

「他可能認識我哥。」

「那他是不是認識你哥？」

邱于豪和季苡萱同時開口，季苡萱挑起眉從頭到腳打量了邱于豪後問道：「你跟你哥哥是不是長得很像？」

聞言，邱于豪眸色一暗，沒有回答她，而是拿起她擱在桌上的日記本就往餐館外走。

「喂，你怎麼說走就走？我在問你話耶！」季苡萱不曉得他又哪根筋不對，趕緊小跑追上邱于豪，續道：「我們不去追阿坤哥問清楚嗎？」

「待會還要帶文具回學校，時間不多了，今天先去問補習班吧！」邱于豪開口，餘光掃到爲了趕上他的腳步而快步跟上的季苡萱，他稍稍放慢步伐。

季苡萱點了點頭。

兩人來到文具店門口時，邱于豪將採購清單交給她。

糊裡糊塗就接過清單的季苡萱，臉上寫滿著疑惑。

「妳去買上面寫的文具。」邱于豪對上她遲疑的目光吩咐道。

季苡萱感覺腦中有根弦「啪嚓」一聲斷了，她把那份清單揉成球，伸出手揪住邱于豪的衣領將他拉近自己，惡聲惡氣地道：「邱于豪，我這個人最不喜歡拐彎抹角，如果我們要合作，能不能現在就把話一次說清楚？」

邱于豪看著眼前嫣紅的唇瓣，冷眸裡沁入了一點點溫度。

季苡萱以爲他又要無視她，耳際卻傳來一道淡淡的嘆息，隨後便聽他開口：「好，我們把話說清楚。」

季苡萱鬆開緊抓衣領的手，抱胸看著面前的少年，擺出一副「來吧！姊姊我洗耳恭聽」的模樣。

邱于豪垂下眸，低頭看著手裡的日記本，思緒彷彿回到數年前，悠悠地開口：「我們相差五歲，雖然不是雙胞胎，但我們確實長得很像。」

邱于耀出事的前幾天適逢寒流，不管邱于耀怎麼叫，邱于豪都不肯起床。

「小豪，再不起床，上學就要遲到了。」

「好冷，我不想去學校。」邱于豪揪緊被子，不願意離開溫暖的被窩。

邱于耀嘆口氣，繼續勸說，「那怎麼行？學生就是要上學和念書，趕快起床了。」

「就說了我不想去！」邱于豪從被子裡伸出腳踹向哥哥，邱于耀被他一腳踢著跌倒在地，發出痛苦的抽氣聲。

聞聲，邱于豪趕忙探出頭，看哥哥痛苦地抱著肚子無法起身，他的氣焰立刻消了大半，弱弱地問，「哥，你沒事吧？」他剛剛應該沒有踢得很大力吧？

邱于豪趕緊下床，湊到邱于耀身旁，「哥，對不起，你還好嗎？」邱于豪伸手拉哥哥起身，邱于耀抓住他的手，才撐起身體兩秒，又倒回地板。

邱于耀倒在地上時，身上的制服被捲起，他的肚腹上青紫一片，任誰見了都會怵目驚心。

「你的肚子……」見狀，邱于豪試圖越過哥哥，出房門去通知母親，卻被邱于耀一把拉住。

袖口下的手臂也是斑斑青紫，邱于豪驚愕地看著滿身是傷且神情痛苦的哥哥，他緊抓著自己的手腕，即使被抓疼了，邱于豪也一句話都說不出來。

「別告訴媽媽。」邱于耀抿了抿唇，鬆開邱于豪的手腕，咬牙忍著疼痛從地上起身。

他拍了拍弟弟的頭，輕聲開口：「不想去學校今天就先請假，我會幫你跟媽媽說。」

邱于豪想告訴哥哥他已經醒了，也願意去學校，但邱于耀說完話就頭也不回地離開他的房間。

後來的邱于豪想過無數次，當時如果他拉住了哥哥、多多關心他，會不會就有不同的結果？

「你小時候眞的是屁孩，這麼好的人當你的哥哥眞是可惜。」季苡萱毫不留情地發表評論。

邱于豪也不客氣的回擊，「如果是妳肯定更糟蹋他。」

季苡萱張口想反駁，卻發現自己因爲心虛而出不了聲。

仔細想想，自己似乎沒資格說邱于豪，因爲從前她也常對季亦楓予取予求，但是現在她已經沒有可以任性妄爲的對象了。

「所以你對你哥感到愧疚嗎？」季苡萱低聲問他，彷彿也是在問自己。

她抽回邱于豪手裡的日記本，翻開其中一頁——

一月七日　天氣：陰多雲

一回家小豪就拿著全年級第一名的獎狀衝來，說他想第一個告訴我。

我的弟弟相當優秀，甚至比我在他那個年紀時表現得更好，但我卻沒辦法眞心替他高興。

第一名能證明是最厲害的嗎？不能，那只不過是一張紙罷了！

其實，我希望小豪別這麼努力，希望他在上學時是快樂的……希望小豪永遠不會遭遇到我體會過的那些痛苦。

邱于豪讀著日記，目光閃過一瞬的沉痛。

他記得那天，他興高采烈地把全年級第一名的獎狀給哥哥看，但哥哥卻不像以往笑著誇讚他，僅淡淡瞥了一眼，沉聲說：「是嗎？我明天還有模擬考，先回房間念書了，你別來打擾我。」

哥哥連一聲祝賀都沒有，使邱于豪感受到前所未有的失落，甚至好幾天不想跟哥哥說話。

「第一名確實不能證明你是最厲害的。」季苡萱闔上日記本，視線對上邱于豪的冷眸，揚起一抹笑續道：「但那是你努力後獲得的成就感，不是嗎？」

不管是邱于豪還是邱于耀，只有他們才知道，爲了那一張張的獎狀，自己花了多少時間與精力。

過去的失落感就像一道坍塌的圍牆，在邱于豪的心中年久失修，季苡萱卻用狀似輕鬆的一句話悄悄的修補好了。

邱于豪雙眼輕瞇地看著面前的少女，語調低沉帶有一絲寒意地開口：「季苡萱，妳知道我很討厭妳總是不按牌理出牌嗎？」

季苡萱不意外地聳聳肩，「那正好，我也不喜歡你不聽人說話又冷冰冰的。」

她攤開採購清單走進文具店，背對著邱于豪說：「那這算是我們第一次達成共識了？」

邱于豪看著身穿寬大虎頭外套的纖細背影，嘴角因她的話出現了弧度。

第三章

季苡萱身穿制服，還頂著一頭顯眼的桃髮走進文具店，讓老闆忍不住多看了幾眼。

季苡萱依著清單選購文具，經過色紙區時忽然佇足。

色彩斑斕的紙張，令她想起以前逢年過節，一家人總是開心地做手工，用五彩的色紙來裝飾烘焙坊。

回憶起過往，季苡萱的心尖泛起酸澀，她伸手拿起一疊色紙怔地出神。

「同學，有找到妳要的東西嗎？」

老闆的呼喚拉回她的思緒，季苡萱慌忙地抬手用袖子抹了抹眼角，心想如果在文具店耽擱太久，邱于豪不知道又要嫌她什麼了。

老闆見她行色匆匆，眉毛一挑，伸手攔住她的去路，「等等，把妳口袋掏出來我看看。」

季苡萱一愣，視線對上老闆充滿質疑的目光，一股怒火從肚子裡升起。

「我沒有拿東西。」季苡萱冷聲道。

「有沒有拿，掏出來看不就知道了？」老闆睨了睨她，續道：「現在是上課時間，不在學校上課跑出來蹓躂，像妳這種會順手牽羊的學生，我見多了。」

什麼叫會順手牽羊？季苡萱沉下臉，對老闆的指控感到氣憤，卻又無可奈何。

她冷著臉正要掏開外套的口袋，此時一道悅耳的嗓音自身後傳來，「王老闆，請問發生什麼事了？」

一名身穿休閒服、帶著眼鏡的高瘦男子向他們走來，手上還拿著幾本空白作業簿。

老闆看見來人，立刻收起嚴肅的神情，滿臉笑意地朝來人打招呼，「范老師，您來買作業簿呀？沒什麼事啦！只是我看這孩子進店後舉止鬼鬼祟祟的，最近小扒手很多，怕她偷店裡的東西。」

「胡說八道，我根本沒偷東西！」季苡萱兩手一齊掏出外套口袋，除了她的鑰匙、錢包和手機，沒有任何文具店的東西。

老闆見狀臉上閃過一絲赧色，范老師的目光亮了亮，對老闆說：「王老闆，這位同學並沒有做出格的行爲，您這樣可能構成誹謗。」

季苡萱有了底氣，順著范老師的話道：「對！你毫無根據地血口噴人，我可以告你喔！」

老闆一聽面露驚色，「啊，這……」

最後老闆爲自己的誤解再三道歉，並在季苡萱結帳時送她那疊色紙，希望她別跟自己計較。

季苡萱抱著採買好的一袋文具走出店面，一陣強風颳過，吹落了那疊放在袋子表層的色紙。

正想彎腰去撿，有隻大手先一步替她拾起色紙，放回袋子裡。

季苡萱抬眼一看，是剛剛那位范老師。

「謝謝您。」季苡萱停頓了下，「還有剛剛的事也是。」

「我沒幫什麼忙，是王老闆錯怪在先，妳能證明清白眞是太好了。」范老師聳肩，眼鏡下的雙眼帶著笑意。

一番話讓季苡萱對眼前男人的好感提升了不少。她看范老師袋子裡的作業簿，好奇地問，「剛剛聽老闆喊您老師，您在附近的學校任教嗎？」

這附近除了她和邱于豪就讀的高中，還有不少國中和國小，或許是附近學校的老師出來買作業簿。

「不是，我是前面那間補習班的老師。」范老師笑著回應。

此時，范老師的手機響了，他拿出手機，季苡萱瞥見手機螢幕，不是來電而是鬧鈴。

「我還有事先走一步，同學如果有興趣，可以來試聽我們補習班的課程。」范老師從包包裡拿出一張補習班的傳單遞給她。

季苡萱低頭看了看廣告單，這家補習班不就是邱于豪去打聽的那家嗎？

季苡萱心想范老師說不定會認識邱于耀，正要邁步追上范老師，就看見邱于豪朝自己走來。

「季苡萱。」邱于豪注意到她手裡拿著那家補習班的傳單，「妳怎麼有這個？」

「剛剛在文具店遇到那間補習班的老師，說不定他會知道你哥……」

「我剛才去問過了，他們基於隱私，不願意提供過往學生的資料。」邱于豪搖了搖頭，伸手拿過在她手上勒出紅痕的袋子。

季苡萱感覺手中一輕，甩了甩發痠的手臂，垂下肩說道：「那怎麼辦？線索就要這樣斷了嗎？」

邱于豪一邊回話，一邊低頭檢查袋子裡的東西，「倒是不至於。」和清單上列的幾乎不差，只多了一疊色紙。

邱于豪取過季苡萱手裡的傳單，再從自己口袋裡拿出一張一模一樣的，他指著兩張傳單上面印的錄取榜單。

「他們不提供線索，我們就自己找。」

季苡萱和邱于豪在倒數第二節課鐘打前回到學校。

對於人出現像撿到，人不見像丟掉的季苡萱，老師們已呈放棄狀態，對她今天突然消失，下午又出現在教室的奇異行徑沒有多說什麼。

放學鐘聲響起，同學們紛紛收拾書包準備回家。

陳靖雯轉頭瞥見那顆趴在桌上的桃粉頭，抿了抿唇，還是決定走上前，「季苡萱，放學了，醒醒。」她伸手戳了戳季苡萱的手臂。

季苡萱悶哼一聲，抬起頭的時候，臉頰黏著補習班的傳單。

陳靖雯看了看季苡萱，「菁英補習」四個大字就黏在她的唇邊，忍不住嘴角一勾。

「妳笑什麼?」季苡萱拿下傳單拍在桌上,環顧教室,發現人都走得差不多了,愣愣地問,「放學了啊?」

陳靖雯點頭,「明天第一堂要交英文作業,妳別忘了。」

雖然她的叮囑,十次裡有十一次季苡萱都當耳邊風,但身爲班長的陳靖雯還是相當盡責地提醒她。

「哦。」季苡萱一如既往地敷衍回應。她翻了翻抽屜,拿出邱于耀的日記本,把傳單夾進去後收進書包。

陳靖雯好奇地問,「大家都在傳妳跟邱于豪在一起,到底是眞的假的?妳是不是有什麼把柄在他手上呀?」

「假……」季苡萱一開口就立刻止住聲,抬眼對上陳靖雯疑惑的眼神,她清了清喉嚨說:「他暗戀我。」

「蛤?」陳靖雯瞪大眼,用力搖頭表示不相信。

季苡萱冷笑,「妳看!妳都不信了。」她自己當然也不信,邱于豪可是親口說過他討厭自己呢!想起來仍覺得有把火在肚子裡燒。

誰先討厭誰?她才不喜歡他呢!

「喜歡邱于豪的人可多了,妳自己小心一點。」知道邱于豪在學校裡受歡迎的程度,陳靖雯叮囑道。

季苡萱呵呵笑,「她們才該小心我。」

陳靖雯嘆了口氣，準備回座位收拾書包，轉身之際被季苡萱喊住：「班長，妳有在補習吧？」季苡萱印象中陳靖雯的功課不錯，校排都有前十名。

陳靖雯點點頭，想起剛剛被季苡萱收起來的傳單，難道她終於要開始認眞念書了嗎？

不料，季苡萱卻比出五根手指，「明天可以拿一份妳們補習班五年前跟六年前的榜單給我嗎？」

榜單？

每年補習班都會把榜單張貼在牆外，也會印成傳單當作宣傳，雖然陳靖雯不知道季苡萱想要多年前的榜單做什麼，不過找補習班主任要，應該拿得到之前的榜單。

「好，我晚點去補習班問問看。」陳靖雯答應她，想了想便問，「妳有沒有考慮來補習？我們現在也高二了，等下個月三年級考完試後，就輪到我們——」

「應該沒有人會對我有什麼期望吧！」季苡萱聳聳肩，朝陳靖雯嫣然一笑，「不過還是謝謝妳，我先回家了。妳有拿到榜單，明天記得給我唷！」說完，她抓起書包起身，朝陳靖雯揮揮手就離開教室。

看著那來去如風的窈窕身影，陳靖雯嘆了口氣。

怎麼會沒有期望呢？她知道其實季苡萱在家裡出事之前，一直是校排前三的學霸。

「老大！」

才剛走出校門，就聽見熟悉的呼喚。

季苡萱抬眼，看見王鑫駿用力地朝她揮手，他身後站著數名少年和少女。其中，為首的短髮少年穿著與他們不同的校服，緊盯著一頭桃髮的季苡萱，與氣勢截然不同的英俊外表，讓他在人群中格外突出。

「姜滸軒？」定睛看清對方的面容，季苡萱加快步伐走向他們，她詢問為首的少年，「你怎麼跑來我們學校？」

姜滸軒是隔壁市出了名的混混，據說他念的學校專出問題學生，大家只要看見身穿那件校服的學生出現，都會識相繞道。

不僅打架鬧事，還帶領幫派混混群聚，姜滸軒的名聲就從大老遠的隔壁市傳來這區，大家都以「姜大王」或「姜哥」稱呼他。

季苡萱對他並不陌生，哥哥入獄前跟姜滸軒是舊識。姜滸軒都以一聲「楓哥」稱呼季亦楓，還相當尊敬他。

季亦楓入獄後，姜滸軒曾經放話給底下的小弟，以後季苡萱是他罩的，也是照拂曾經關照他的大哥親人。所以季苡萱能夠在這區橫著走，姜滸軒有一半的功勞。

姜滸軒原本緊蹙的眉，在看到季苡萱朝自己走來後稍稍一鬆。

「來找個人。」他回應季苡萱的問話。

能讓姜大王特地從隔壁市親自過來找的人，肯定不一般。季苡萱語氣小心翼翼地問，「仇人？」

姜澥軒搖搖頭，深邃的眸子像是要把人吸進去。

季苡萱歪頭看著面前俊俏非凡的少年，「女人？」

姜澥軒沒有點頭或搖頭，眼神越過季苡萱看向校門。

季苡萱循著他的目光，只見一對男女從校門口緩緩走出。

女生的手打著三角巾，似乎是受傷了，而貼心地在她身旁拿書包的人，正是邱于豪。

季苡萱眼角抽動，指著不遠處的男女，對姜澥軒開口：「還是……男人？」

姜澥軒冷眸瞥了季苡萱一眼，隨後，他氣勢洶洶邁步朝校門走去，一干混混緊跟在他身後。見狀，季苡萱也趕緊跟上。

一行人來到邱于豪和女孩的面前。當女孩的視線對上姜澥軒，白皙的小臉瞬間褪去血色。

「你有什麼事嗎？」邱于豪將女孩擋在身後開口詢問。

雖然他詢問的對象是姜澥軒，但目光卻是看向一旁的季苡萱，他的眼神彷彿在說「妳又想惹事」，而且他保護女孩的模樣，落入季苡萱的眼裡，她心中莫名燃起一把火。

混混們紛紛朝邱于豪大喊，要他識相點退開，就連王鑫駿也加入叫囂的行列。校門口倏地吵鬧起來，不少學生都駐足看起熱鬧。

「我找的不是你。」姜澥軒揚了揚下巴，對邱于豪身後的女孩道：「是妳。」

女孩縮了縮肩膀，「我、我？但我又不認識你……」

聞言，姜澔軒眸光一沉，上前想一把拉過女孩，卻被邱于豪伸手拍開。

「你——」姜澔軒眼底燒起怒火。

「沒看見她受傷嗎？說話就動嘴，別動手動腳。」邱于豪語氣帶著寒氣，像是毫不在意姜澔軒沉下來的臉色。

看見姜澔軒吃癟，周遭的混混們皆是一愣。有人立刻動身上前替姜澔軒教訓邱于豪。

人還沒碰到，一道桃色迅速閃過，「喂，誰都不准動他！」季苡萱擋在邱于豪身前。

因爲背對邱于豪，她沒有看見他深邃眼眸中隱隱有道寒光閃過。

混混們看到季苡萱的出頭，紛紛轉頭看向臉色一黑的姜澔軒，大家都知道季苡萱是楓哥的妹妹，除了她，幾乎找不到第二個人敢對姜澔軒出言不遜。

姜澔軒收回手，目光鎖定邱于豪身後的女孩，輕嘆了口氣對著季苡萱說：「她的手是因爲我受傷的。」

季苡萱不可置信的張大嘴，「你已經混蛋到連女人都打了？」

姜澔軒好看的眉在聽到這句話後抽了抽，「上週放學出了點意外，但人不是我打傷的，妳想到哪去了？」

他抬手想彈季苡萱的額頭，就像以前相處那樣。

還沒碰到人，季苡萱就被人向後一拉。背後撞上一堵溫熱的胸膛，季苡萱抬頭就見邱于豪沉著臉。

姜湝軒撲空的手停在半空，他不悅地瞪著邱于豪，心想如果不是季苡萱，他早就讓這傢伙好看了。

邱于豪不甘示弱地回視，此時，身後的女孩探頭弱弱地出聲：「我受傷的事跟你沒關係，你、你別再來了。」

視線對上姜湝軒身後的那群凶神惡煞，女孩臉色一白，低下頭，沒有打三角巾的手拿過書包，掉頭就往不遠處的公車站走。

姜湝軒立刻上前，伸手拿過女孩的書包。

「你……」

「我說了，妳會受傷是因爲我，就不是跟我無關。」姜湝軒掂了掂書包的重量，一邊向前走一邊皺眉，「妳是在書包裡裝石頭嗎？」

女孩趕忙邁步追上越走越遠的姜湝軒，朝他喊：「把書包還我啦！」

見姜湝軒走遠，混混們面面相覷，隨後也跟了上去。季苡萱朝他們揮揮手道別，湊熱鬧的學生們見了沒趣也紛紛返家，校門口的熱鬧頓時散去。

季苡萱察覺自己還靠在邱于豪懷裡，低頭瞄了眼，自己的手腕還被他拉著，正想掙脫，一道低沉的嗓音自頭頂傳來，「以後別再隨便跳出來擋拳頭。」

邱于豪責怪的語氣中帶著一絲關心，讓季苡萱心尖一顫，她別開臉，「我皮粗肉厚才不怕呢！反倒是你這個文弱書生，他們一拳就可能放倒你。」

「妳說誰弱？」邱于豪拉著她手腕的力道稍微加大，雖不至於傷到季苡萱，但能感受到他眞動了氣。

季苡萱被他握得倒抽一口氣，立刻抽回手，並退出他的懷裡。揉了揉自己的手腕，季苡萱咬牙道：「我剛剛幫你，你卻過河拆橋？」

「我應該沒有開口請妳幫我。」邱于豪淡聲開口。

季苡萱眼角一抽，剛剛的感動瞬時消失得一乾二淨。氣極的她反而露出笑容，「呵呵……算我雞婆、我多管閒事！」

說完，她轉身離開，像是不解氣般，又扭頭對邱于豪道：「以後你要是被人打斷骨頭，我也不會理你。」

丟出這句話後，季苡萱就頭也不回的離開了。

邱于豪伸出手，低頭看向掌心，剛剛在手裡的纖腕彷彿一捏就會斷。腦中不自覺地浮現季苡萱擋在他身前的那一幕，想到拳頭差一點落在她身上，他的深眸頓時沁入絲絲氣惱。

纖弱的應該是她吧！這女人到底哪來的勇氣擋在他面前？

在回家的路上季苡萱越想越生氣，她是怕邱于豪被人打傷才護著他，為什麼他還嫌她多管閒事？以後絕對不要再幫他了，眞是好心被雷親！

太沉浸在思緒中，季苡萱沒注意到前方有人，險些撞上對方，幸好及時煞住腳，「啊，對不起……是妳？」

一抬眼，熟悉的容顏落入眼中，季苡萱臉上的驚慌立刻被冷漠取代。

「苡萱，我們可以聊聊嗎？」

季苡萱見段歆背著書包站在她面前，心想，看來她一放學就已經在這等了，這個時間點還在這裡，今天應該是不需要去補習班。

兩人曾是親密無間的好閨密，如今卻像是活在不同世界的陌路人。

季苡萱家裡出事後請了很長的假，有一段時間沒去學校，季叔叔也不強迫她。在這段期間，段歆和國中班導呂老師相當關心她，在多次家訪下，季苡萱才願意重返校園。

但她永遠忘不了，那天進到教室，全班同學是用什麼目光看她，有驚懼、有同情，甚至還有幸災樂禍。

即使許多同學對季家發生的事並不瞭解，但季亦楓入獄的風聲傳遍全校，季苡萱也因此被貼上「有個殺人犯哥哥」的標籤。

接收到眾人的視線，季苡萱倏地轉身奔出教室，跑進廁所乾嘔許久。

那些眼神讓她打從心底感到惡寒，她後悔回學校，卻又想起段歆。她在這段時間發了許多關心的訊息，也曾幾次到季家想要探望季苡萱。雖然家逢巨變後，季苡萱總是以需要時間整理情緒拒絕見段歆，但她相信，兩人相識許久，即使許久未見，段歆也一定不會用異樣的眼光看待她。

忽然，廁所外傳來談話聲，熟悉的聲音令原本打算出去的季苡萱停下動作。是段歆跟另一名同班同學。

「妳知道季苡萱來上課了嗎？」同學開口問道。

段歆提高聲量，「真的嗎？」

季苡萱想了想，剛剛確實沒有在教室裡看到段歆，正準備打開廁所門與閨密相聚，接下來的對話卻讓她通體發涼。

「聽說她哥因爲殺人入獄，是眞的嗎？」

「是——」段歆聲音變小，還沒說完，就被同學打斷，「哇！聽說她爸媽之前相繼過世，現在連哥哥都因爲殺人坐牢，她家也太多災多難了吧！」

季苡萱隔著廁所門聽見對話，感覺有股火從肚腹升起，打算出去和多嘴的同學理論，此時，她聽見段歆開口：「眞的滿慘的，連我媽都說她家可能有什麼壞基因，要我不要再跟她來往。」

季苡萱的手搭在門把上，用力得指節發白，直到再也沒有談話聲，她才打開門走出。

自那之後，她與段歆開始疏遠，刪光她傳來的所有訊息，還封鎖她的通訊帳號。兩人相識以來，她從沒想過有一天會跟段歆絕交。

不論她在廁所與他人的談話是否出於眞心，那些話既然被她聽見了，她就無法當作什麼都沒發生似地繼續與她當朋友。

「我跟妳好像沒什麼話好聊。」

從回憶中抽回心神，季苡萱越過段歆向前走，書包的背帶卻被她拉住，「苡萱，妳別走！」見她回過頭的表情充滿不耐煩，段歆趕緊續道：「妳跟邱于豪認識嗎？」

聞言，季苡萱想起今年校慶，段歆和邱于豪各自獲得校花和校草的稱號，眾人還起鬨要他們在一起，只是當時邱于豪並沒有回應。注意到段歆面色緊張的模樣，季苡萱認爲，她大概也喜歡邱于豪。

季苡萱嘴角一勾，「我跟他認不認識、熟不熟，需要跟妳報備嗎？」

段歆立刻搖頭，「妳誤會了，我不是這個意思。」

「放心好了，我身上的壞基因不會傳染給他的。」

聽她這麼說，段歆表情一愣。

季苡萱看著她，想起今天如果沒有她的幫忙，或許她跟邱于豪就脫不開身。看來她是爲了邱于豪才出面幫忙的。季苡萱眼底迅速閃過一絲失落，抽回段歆手裡的書包背帶，轉身就要離開。

「苡萱！」段歆喊住她。

季苡萱腳步一滯卻沒有回頭。

「就算我們不能像當初那樣要好，但妳能不能……變回以前那個愛笑活潑、認眞學習的季苡萱？」

面前的少女緩緩轉過身，桃色的髮在淡淡月色下似乎有些透明。

「在我要跳下橋的那天，我忽然就想明白了，那些傷口既然好不了、過不去，就讓它爛在這吧！」

總聽說時間能夠讓傷痊癒，但那些刻骨銘心的痛卻從未給她喘息。

看著段歆帶著水霧的眼眸，季苡萱忍住眼眶的酸澀，揚起頭，嘴角扯出一抹笑，「我不想假裝自己過得很好，但我也不會讓自己過得太差。」所以放棄她好嗎？

季苡萱張了張嘴，沒有把心中所想的話說出口。

哪怕所有人都放棄她，她也不會放棄自己，她一定會兌現和哥哥的承諾，好好活下去。

她轉身不再看段歆的表情，邁步奔向季叔叔的家，她怕再看著段歆一秒，眼淚就會滑下眼眶。

望著季苡萱逐漸縮小的身影消失在盡頭，段歆抬手抹去頰上的淚水，「笨蛋。」帶著哽咽的低喃，不知道是在說季苡萱，又或者是說自己。

✦

學校迎來期中考。

自校門口偶遇的那天後，邱于豪就沒再到季苡萱的教室找她，八卦的討論熱度也降低了許多，甚至有人謠傳是季苡萱倒貼糾察隊隊長。

季苡萱搔了搔發癢的耳朵，轉頭問身旁的王鑫駿，「你不用準備考試嗎？」他在一旁玩手機遊戲玩得投入，季苡萱扯了扯嘴角。

王鑫駿連頭也沒抬，「老大，我看起來像是會讀書的人嗎？」

季苡萱瞇起眼，伸手拿過他的手機關掉遊戲。

「老大妳幹麼！我的戰績……」王鑫駿抱頭哀號，對上季苡萱帶著殺氣的眼神，吞了吞口水把抗議往肚子裡嚥。

下一秒，他看見季苡萱從抽屜裡拿出課本和講義，驚訝地瞪大眼，「妳要讀書？

眞的假的？妳轉性了？」

每次拿到考卷總是隨意寫完就趴下睡覺的季苡萱，這次居然要準備考試？

季苡萱翻開課本，裡頭乾乾淨淨的，一點筆記的痕跡也沒有，她的眼神閃過一絲深意，隨即闔上課本。

「呼……」王鑫駿拍拍胸口，他還以爲季苡萱要念書，眞是嚇死他了。

季苡萱把王鑫駿的手機塞回他手裡，指著教室外，「要打上課鐘了，回你的班級去。」

王鑫駿瞄了眼手機，遊戲果然輸了，他癟起嘴關掉遊戲。再打開訊息欄，發現一則訊息，「老大，姜哥要跟妳約下午三點在校外圍牆見。」他立刻跟季苡萱說。

下午三點？

季苡萱心想，這時間應該在考試吧？他們學校的期中考試時間好像跟我們差不多，不過那傢伙從來沒在準備考試的。

「知道了。」季苡萱點頭，王鑫駿臉上興奮的神情藏不住，「你們要去哪裡？能不能帶上我呀？」王鑫駿露出討好的笑容。

除了季苡萱，王鑫駿第二個崇拜的人就是姜滸軒，如果季苡萱是他心中的江湖俠女，那姜滸軒就是雄霸一方的大俠。

「不能。」季苡萱搖搖頭，王鑫駿失望的垂下雙肩。這時上課鐘聲響了，她催促道：「趕快回教室，要考試了。」

「反正隨便寫寫就交卷了……」

「至少寫對名字欄吧！」季苡萱賞了他一記白眼，這傢伙上次居然把名字寫錯欄，被老師叫去辦公室臭罵一頓。

王鑫駿摸摸鼻子離開，臨走前不忘叮嚀季苡萱，如果要出校千萬要帶上自己。

英文老師走進教室發下考試卷，一拿到空白的試卷，季苡萱就在姓名欄簽下名字，接著掃了眼題目。

考試已經開始了二十分鐘，巡堂的教官走過一間間教室，經過季苡萱的班級，忍不住站在教室外看了許久。以往考試時總是早早就趴睡的季苡萱，今天居然在認眞填寫考卷。

「教官。」

一聲低喚拉回他的思緒，循聲看去，是戴著糾察隊臂章的邱于豪。

「于豪，你交卷了呀！」

邱于豪點點頭，他寫完考卷就提早交了，所以出來幫忙教官巡堂。

轉頭朝教官剛剛盯著的方向看去，發現季苡萱正低頭奮筆疾書。

教官低聲對他說：「很難得吧！我聽其他老師說，其實季苡萱國中時成績非常好，只是家裡出了事，眞是可惜了……」

「在涅貴不緇，曖曖內含光。」邱于豪沉聲道：「教官，不是只有鑽石才會閃閃發光，有些人的好光芒內斂，不求表面的光彩，也不是一眼就能發現。」

儘管季苡萱給學校製造不少頭疼問題，但她也不是罪大惡極的惡人。

聞言，教官點了點頭，心想自己之前確實都用既定的印象來看待季苡萱，他尷尬一笑，對邱于豪說：「我先去隔壁教學樓巡視，這層樓就再麻煩你了。」

邱于豪頷首，「好的，教官請慢走。」

待教官走遠，邱于豪又將視線投向教室裡低頭作答的季苡萱。

「我倒是覺得她一點都不可惜。」

一抹淡淡的笑意揚起，就連邱于豪自己也沒察覺到。

下午三點，季苡萱熟門熟路地翻身出圍牆，一落地就聽見一道熟悉的嗓音。

「妳倒是挺準時。」季苡萱抬眼就對上姜湝軒挑眉的神情，「又交白卷？」

「我可是寫完考卷才出來的。」季苡萱驕傲地道。

姜湝軒一臉寫著不相信，雙手插進口袋睨了她一眼。

季苡萱抽了抽嘴角，連考試都沒去考的人有資格對她說教嗎？雙手一攤，「說吧！特地跑來找我有什麼事？」

「妳託我查的事有結果了。」

季苡萱雙眼一亮，「怎麼樣？阿坤哥是不是真的認識邱于耀？」

雖然姜湝軒跟阿坤不是同一個道上的兄弟，但姜湝軒的手下眾多，透過人與人之間的情報網，資訊也因此互相流通。

「豈止是認識。」姜湝軒掀唇一笑，語帶嘲諷，「阿坤那傢伙高中的時候曾經帶人打過邱于耀，而且不只一次。」

季苡萱驚訝地瞠大雙眼。

校園霸凌一直都存在，尤其強勢欺凌弱小的狀況，在學校幾乎天天發生。只要不是太嚴重的行爲，校方幾乎是睜一隻眼閉一隻眼。

而學校裡的壞學生通常不太與成績好的學生爲伍，因爲他們備受師長的關注，因此不會主動去找麻煩。

沒想到成績優異的邱于耀也會淪爲被霸凌的對象，除非……邱于耀曾經得罪過誰？

「你的意思是，阿坤哥霸凌邱于耀才導致他走上絕路嗎？」季苡萱垂下眼問道。她認識小紅多久，就認識阿坤多久，平時只覺得他是有些痞，但不至於做出什麼嚴重的事。而混道上的人，打架鬧事是他們的常態。

姜湉軒說霸凌行爲不只一次，那邱于耀可能長期下來累積了不少壓力……

「那大概只是原因之一。」姜湉軒搖搖頭，「來找妳之前我也去問過紅姊，她說邱于耀在學校表現都很正常，如果不是親眼見到阿坤把他帶去暗巷毒打，根本沒人發現他被霸凌。」

季苡萱記得先前聽小紅說，邱于耀跟她是同一屆的同學，也記得阿坤說過，他從高中就在追小紅……

這三個人竟然互相認識！

季苡萱決定去找小紅問個清楚，足尖一轉就朝髮廊走，姜湉軒見狀出聲喚她：

「喂，妳去哪？」

季苡萱一轉過身就看見熟悉的身影，身軀驀然一頓。

邱于豪！

他站在那裡多久了？又聽到了什麼？

他手臂戴著糾察隊臂章，手裡還拿著登記簿，一副在値勤的模樣。

他看著季苡萱和姜澔軒，眼眸彷彿覆上一層寒霜，「期中考還沒有結束，妳打算蹺課去哪？」

「去……」季苡萱心虛地別開臉，爲什麼他的口氣好像是在抓姦？她怎麼是被抓的那方……季苡萱甩甩頭，像是要把腦中荒謬的想法甩出去。

邱于豪不是第一次抓到她蹺課，以往季苡萱被抓到蹺課總覺得不痛不癢，她早就背了一堆警告和小過，就算一整個月不上課只做愛校服務也銷不完。但今天被逮到卻覺得彆扭，大概是之前他對她說過會帶她出校。

姜澔軒感受到兩人之間尷尬的氛圍，挑眉看向一臉心虛的季苡萱，雙手一攤表示這事他不想管。

明明是姜澔軒找她出來的，他卻一臉放生自己的痞樣，季苡萱忍不住怒瞪他一眼，恨不得狠狠踹這名豬隊友。

兩人眉來眼去的樣子，使邱于豪的臉色又寒了幾分，他來到季苡萱面前，拿著登記簿問，「現在回去的話，我不記妳蹺課。」

聞言，季苡萱眉眼一舒，想感謝邱隊長的大恩大德，話才到嘴邊，就硬生生地哽住。

這傢伙上回嫌她多管閒事，她才不要熱臉貼冷屁股呢！

「要記不記隨便你，大不了多做幾次愛校服務。」季苡萱高傲地揚起臉，臉上彷彿寫著「不願為惡勢力妥協」，儘管她才是打算蹺課的惡學生……

邱于豪瞇起眼，冰涼的視線來回在姜滸軒和季苡萱間掃過，「蹺課私會外校生，不是記警告跟愛校服務就能解決的。」

他以為凶一點，她就會怕他嗎？

季苡萱伸手攬過姜滸軒的脖頸，和他哥倆好的模樣朝邱于豪說道：「有朋自遠方來，邱隊長應該記得今天的考試題目有這題吧？朋友大老遠來找我，哪有不相迎的道理？」

姜滸軒眼角一抽，這丫頭難道沒看見眼前少年的臉色已經黑得像燒焦的鍋底了嗎？

「姜滸軒。」

被邱于豪喚了一聲，姜滸軒不悅地皺起眉頭，「老子的名字你也有膽連名帶姓叫？」

「我記得范攸這節課在操場測體能，學校東側的圍牆可以看到操場——」

「手都受傷了還測什麼體能？」姜滸軒臉色驟變，一改剛剛的痞樣。

「季苡萱，我有事先走了，妳趕快回去考試。」說完姜滸軒對季苡萱揮揮手，立刻朝東側圍牆奔去，絲毫不管她的呼喚。

「喂、喂喂，你別走啊！姜、滸、軒。」

姜滸軒的身影迅速地消失，季苡萱氣地直跺腳。當她聽見身旁傳來用筆尾敲簿子的聲音，她背脊一涼，緩緩轉頭對上邱于豪深沉的目光。

被他盯得渾身不自在，見他眼中倒映出的身影，季苡萱下意識別開臉，「你看什麼？」

「回去考試了。」邱于豪用登記簿輕輕地敲敲季苡萱的頭頂。

季苡萱感覺自己的心跳似乎加快了一拍，她立刻抬手揮開。

見邱于豪走進學校，她沒有邁步跟上，而是出聲喚：「邱于豪，如果……我說如果，你哥哥不是因爲課業壓力，是因爲某個人才選擇自殺，你會埋怨對方嗎？」

邱于豪轉身，只見不遠處的少女目光飄移，垂在身側的雙手因緊張而攥緊外套下襬。

他眼底閃過一道深意，淡聲開口：「說不埋怨肯定是謊話，但事情還沒有查明之前，我不會假設任何人害死我哥的可能性。」

季苡萱抬起頭，眼神與他的堅毅目光交會時愣了下，壓在心中的大石，彷彿因他的這番話而搬開了。

她不知道邱于豪是否有聽見剛剛她與姜澔軒的對話，不過她認識的阿坤哥跟小紅姊都不是壞人。如果姜澔軒說的是眞的，希望未來某天邱于豪知道眞相後，對他們的怨恨能夠少一些……

「季苡萱，現在回教室還有十五分鐘可以寫考卷。」邱于豪看了眼腕上的錶後說道。

「你十五分鐘能寫完化學考卷？」

邱于豪瞥了她一眼，反問，「這有什麼困難？」

她都忘了眼前這位可是校排第一的學霸。

「用跑的應該來得及。」邱于豪朝她伸出手，「走了？」

季苡萱皺起眉頭，嘟嘴低喃：「我又沒說要回去考——啊！」

話還沒說完，就感覺手腕一緊，邱于豪拉著她往教室的方向邁去。

「如果現在放棄了，假期也不會提早到來。」

凝視前方少年的背影，一個想法自季苡萱心中升起——即使所有人都放棄她，還是有一個人會選擇相信她。

像是突然想起什麼，她問前方的邱于豪，「對了，現在體育課的期中考也要測體能了嗎？」她一直以為只有期末考才需要測體能。

邱于豪頭也不回，「只有期末考會測。」

她能想像姜滸軒發現被耍了之後氣急敗壞的神情，沒想到雄霸一方的姜大王也有被人耍的一天，他自己大概也想不到吧！

季苡萱的嘴角忍不住揚起一抹笑，加快腳步跟上邱于豪。

季苡萱回到教室坐在位子上埋頭寫考卷，鐘響那一刻她猛然抬頭，愣愣地看著試卷，以往都是乾淨潔白，今天卻被她填得密密麻麻。

她怎麼有資格笑姜滸軒被邱于豪耍，她不也是受他影響了嗎？

考完期中考，放學時季苡萱彎腰抱著書包，準備低調地從校門離開。

「季苡萱。」

那熟悉的呼喚，令季苡萱不自覺翻了個白眼，轉身看向她身後的邱于豪。

「糾察隊長最近很閒嗎？」季苡萱挑起眉說道。

這幾天邱于豪放學時都會在校門口值勤。他把登記簿交給隊員，背著書包朝季苡萱走去。

那天季苡萱乖乖地回班上寫完考卷，她越發想不透自己幹麼這麼聽邱于豪的話，所以她在學校裡能避開邱于豪就避開他，想著接下來是週末，終於可以不用見到他兩天，未料還是被他逮個正著。

邱于豪身旁的隊員接過登記簿，看到主動找上季苡萱的隊長，雙眼驚訝地瞪大。

這幾天隊長總是板著一張臉。

每次遠遠看見季苡萱，她就像隻蹦跳的兔子，跑得比誰都快。糾察隊員們都以為她又做了什麼違反校規的行爲，打算追上卻被邱于豪攔下。

每見一次那少女逃跑的身影，隊長的臉色就更深沉幾分，隊員們都懷疑是不是季苡萱做了什麼罪大惡極的事，才會讓邱于豪的心情這麼差。

「考試剛結束，不忙。」邱于豪挑起眉，見她一副又想逃的模樣，沉聲道：「妳放學後有事？」

「有——」

季苡萱才剛開口，邱于豪便搶先她一步道：「補習班榜單的事有線索了。」

她立刻睜大眼，「眞的嗎？」

邱于豪眼底閃過一瞬的光芒，他頷首，「嗯，原本想說今天考完試可以去補習班看看，但如果妳有事要忙——」

「沒事要忙！走、走、走，我們趕快去吧！」季苡萱伸手拉過邱于豪，匆匆地走向校門外。

兩人的身影越走越遠，隊員的視線在兩人的背影和登記簿間流轉，心想，校內謠言不是說是季苡萱倒貼對隊長的嗎？怎麼感覺是隊長在喜歡人家？

放學時間的補習街熱鬧非凡，在補習班上課前，學生們都會在附近吃晚餐。

經過一家包子店時，季苡萱忍不住停下腳步多看了幾眼，吞了吞口水壓抑下食慾。

「老闆，兩顆鮮肉包。」邱于豪向老闆比了兩根手指。

季苡萱立刻搖頭，「喂，我不餓！」

肉包的熱氣隱隱升起，邱于豪從老闆手裡接過紙袋，轉頭向她道：「是我要吃的。」

季苡萱尷尬地想找洞把自己埋起來，忽地扭頭並加快步伐朝菁英補習班的方向走。

邱于豪邁步跟上，他咬著鮮肉包，享受地說：「剛出爐的鮮肉包，熱騰騰的最好吃了！」

咕嚕嚕——

季苡萱的肚子不爭氣地發出叫聲，她別開臉冷哼。

看她彆扭的模樣，邱于豪眼底閃過笑意，他遞過紙袋，把另一顆包子給季苡萱。

「幹麼？」季苡萱皺起眉頭，伸手推開，「我才不要你的同情。」

邱于豪挑眉，「我吃飽了，既然妳不要吃的話，那我就丟——」

話音還沒落地，季苡萱抬手接過紙袋，擦了擦手就把鮮肉包送進嘴裡。

白嫩的麵皮搭配香氣四溢的肉餡，一口咬下還有燙口的肉汁，讓她不禁嘟嘴呼氣。

「呵。」一道低沉的笑聲傳來，季苡萱的臉泛起紅，不知道是被燙紅的，還是因爲邱于豪的笑。

「我是因爲不想浪費食物才吃的。」季苡萱決定掙扎一下，維護自己的面子。

邱于豪走到她前頭，趁她看不見面容時揚起嘴角，「知道了。鮮肉包要趁熱吃，風味才不會跑掉。」

季苡萱低頭看了眼手裡的肉包，又不是第一次吃，怎麼今天吃起來特別香呢？

吃完鮮肉包，兩人也到了菁英補習班，季苡萱從書包裡拿出陳靖雯給她的榜單，上面被她做了不少記號，她遞給邱于豪，「我這幾天翻了一下，感覺這幾個人可能是你哥說的F。」

邱于豪低頭看榜單，她用螢光筆圈起的名字，不是姓「范」，就是名字裡有跟「F」發音相似的字。

他從書包裡拿出筆記本，裡面寫了對F的推測。

「日記本給我一下。」

季苡萱拿出邱于耀的日記交給邱于豪。

邱于豪翻開日記，停在被大力地畫上×的最後一頁。

「怎麼樣？這些人會是F嗎？」

邱于豪搖頭，「不確定，但我記得這天哥哥很晚才回家，我媽問他去哪了，他說在補習班收拾東西。」

季苡萱歪頭不解，「收拾東西？」既然已經考完試，補習班的課程應該也結束了吧？

「這間補習班有考前最後三天的衝刺班，目的是讓學生可以遠離家裡或外面的誘惑，在補習班專心念書，這三天都有老師陪同。」

邱于豪指著那一頁的日期，「哥哥說，有東西在三天兩夜的住宿時忘在補習班，所以他在這天回去拿。」

季苡萱循著他的指尖看著日期，思索了片刻，假如能知道當時有哪些人參加考前衝刺班就好了！

季苡萱抿了抿唇，感覺好像揪到了一點線索，但一眨眼卻又消失不見。

季苡萱想破腦袋也不知道該從哪裡找人，日記裡除了提到對F的愛戀，似乎沒提及自己被霸凌一事，使她不禁懷疑起姜滸軒給的情報可信度。

「邱于豪，你剛剛說你有線索，可以跟我說嗎？」

忽然想起他放學時說的話，季苡萱看向眸光深邃的邱于豪，他彷彿就在等她這麼問，令她心尖一跳。

「要找出參加衝刺班的學生就像是大海撈針，況且有些人已經到外地念書了。」邱于豪沉聲續道：「但我們可以從沒有離開的人下手。」

他指尖一轉，指向榜單上的另外一列——菁英補習班的師資陣容。

他們站在菁英補習班外，多虧季苡萱惹眼的髮色，不少同校同學認出他們。

「這不是隊長嗎？」糾察隊隊員認出邱于豪，主動上前打招呼。

瞥見站在他身側的季苡萱，隊員不禁愣了愣，好奇的眼神在兩人身上來回移動。校內最近有兩人在一起的傳言，現在又一起出現在補習街，不難讓人多做猜想。

「隊長也來補習嗎？」隊員問道，但餘光不斷掃向季苡萱。

邱于豪沒有點頭，而是說道：「來看看。」

「連校排第一的隊長都這麼用功，看來我得多加把勁了。」隊員笑著說，視線再次悄悄地投向季苡萱，不料卻與她對視。

以爲季苡萱會大聲說「看什麼看」，隊員縮起肩膀，還來不及別開目光，就見季苡萱緩緩轉移視線，將目光鎖定在補習班外張貼的師資名單上。

邱于豪見對方直盯著季苡萱，清了清嗓拉回隊員的注意力，「你也在這家補習班補習嗎？」

隊員點頭，「數學、英文、物理和化學，都在這家補習班上課。」

邱于豪看了看師資名單，指著理化課程下方一名叫「范暐」的老師，「你有上過這位范老師的課嗎？」

「范老師？」隊員歪頭想了一下，「他帶的學生都是三年級的衝刺班，只有幾次我們老師請假才請他來代課。」

此時，一直沒有說話的季苡萱突然出聲：「他上課的時候跟學生們的互動多嗎？」

她的問話讓隊員一愣，點了點頭，「范老師滿親切的，許多人都喜歡上他的課，但因爲一個班級能容納的人數有限，他的每堂課通常都會額滿，需要提前跟補習班預約。」

季苡萱看了身旁的邱于豪一眼，要混進補習班聽范老師上課，看來有點困難。

「他的課有辦試聽課程嗎？」許多補習班都會設立試聽課程，讓學生能夠選擇適合自己的教學方式與老師。

隊員想了想，「之前是沒有，但我們就要升三年級了，聽說補習班爲了招攬學生，有幫每位老師加開試聽課程，要不然待會我上課前去幫你們問問看？」

邱于豪朝他點頭致謝，「再麻煩你了，謝謝。」

「隊長別這麼客氣，如果你能來我們補習班上課，那才是替我們補習班增光。」邱于豪的可是校排第一，如果之後考上優秀的大學，對補習班也是一種宣傳。

隊員走進補習班後，邱于豪轉過頭看向正在沉思的季苡萱，「妳認爲范老師就是F嗎？」

季苡萱點點頭，「除了他，師資名單上也沒有其他人選了吧？」她一看到照片還有些驚訝，沒想到那天在文具店遇到的范老師就是他們想找的人。

此時，邱于豪的手機發出提示音，他拿起手機確認訊息，隨後對季苡萱說：「他說補習班的試聽課程還在安排中，晚點才會給他回覆，我們今天就先回去吧！」

季苡萱點了點頭，看著暗下的天色，卻沒有想回家的心情。

她的表情落入邱于豪眼底，深邃的眸子閃了閃，張口說了一句自己都感到意外的話。

「要不要去散心？」

十分鐘後，兩人到海堤，聽著海浪拍打沙岸的聲響，還有陣陣海風輕拂而來。

雖然天色已黑得看不見海景，但遠方漁船的燈火，在海面上宛如一顆顆耀眼的星星。

季苡萱看著前方的景色，回頭覷了一眼跟在她身後的邱于豪，「你明天沒有作業要交嗎？」這時間，好學生不是在補習班念書，就是在家複習功課，邱于豪居然主動約她到海堤散心，實屬難得。

「上課的時候就寫完了。」邱于豪的語氣輕鬆得像是在說「今天早餐吃什麼」。

季苡萱翻了個白眼，忽然覺得跟學霸溝通是件困難的事。

看著他走近身邊，季苡萱忽地問，「邱于豪，你有沒有覺得自己明明辦不到，卻又想去做的事？」

過了很久，久到季苡萱以爲他不會回答，他低沉的嗓音傳來，「曾經有……」

感受到季苡萱專注的目光，邱于豪垂下眼開口：「我以前想當警察。」

「警察？」季苡萱挑起眉。

其實邱于豪很符合警察的形象，他嚴謹又自律，在糾察隊當隊長也表現得相當優秀。雖然平時的他看起來有些冷漠，但也不是不近人情，只是離溫柔還有些距離。

更讓她驚訝的是，邱于豪用「以前」這個詞。

邱于豪對於她的驚訝只是輕輕掀唇一笑，反問，「妳呢？」

「我呀！想當個烘焙師傅。」

季苡萱不確定他是在問自己曾經想去做的事還是夢想，但她選擇陳述小時候的夢想。

她想成爲像爸爸一樣的烘焙師傅，開一間麵包店，每天聞著剛出爐的麵包香，笑著迎接下班和下課回家的家人。只是父母相繼逝世後，這個夢想就被她封藏在心底，連想起都覺得心尖泛起苦澀。

不知道從什麼時候開始，每天早上睜眼，對生活的麻木感已侵蝕了她的心，親人驟離、兄長入獄，這些現實非她所願，卻不得不隨著時間推移而接受。

住進叔叔家，她哄著哭鬧的堂弟小亮，抬手輕戳他柔軟的臉頰，「每天吃飽睡、睡飽吃，有什麼好難過，哭什麼？」明知道小亮聽不懂自己的話，卻還是對他低聲抱怨。

停止哭泣的小亮便抬手握住季苡萱的手指，咿呀咿呀地衝著她笑。

「眞好，哭著哭著就笑了。」因爲堂弟的笑臉，季苡萱嘴角上揚，眼底卻劃過淡淡的憂傷。

小時候總是哭著哭著就笑了，但長大了總是笑著笑著就哭了。

過去的回憶與兒時的記憶都讓她懷念，她不想長大，卻不得不獨自往前走。

撿到邱于耀的日記本後，季苡萱看過了內容，才知道原來有人跟她這麼像……只是，邱于耀雙親皆在卻活得像獨自一人。父母不理解他眞正所要的，也始終開不了口和弟弟說，他內心的孤獨正一點一滴地侵蝕他的心靈，最終選擇結束自己的生命。

邱于耀曾經也有屬於他的夢想吧？

「眞的盡全力了吧……」

季苡萱仰望著漆黑的夜色，彷彿是對身側的邱于豪開口，又或是對天上的邱于耀。

邱于豪看著她，沉聲道：「夢想就是指引我們要往哪個方向的目標。在僅此一次的生命裡，我們做的任何決定都無比重要。」

藉著月光，在黑夜裡能看清邱于豪的神情。季苡萱很喜歡他的眼睛，他看人時總是目光專注，也很……誘人。

季苡萱轉移視線，清了清喉嚨，「你剛剛說以前想當警察，你哥知道嗎？」

聞言，邱于豪一愣，像是想起過去的時光，半晌後才點點頭。

「那爲什麼現在不想當警察了？」季苡萱續問。

邱于豪看向不斷拍打著沙岸的浪花，「沒有爲什麼。」

「喂，哪有人像你這樣——」

「時間不早了，這麼晚了，一個女生獨自在外面不安全，我送妳回去。」邱于豪打斷她並站起身，對仰望他的季苡萱說道。

他顯然不想說清楚爲什麼要放棄夢想，季苡萱鼓起雙頰，站起身，「喂，邱于豪！」

她把手伸進外套口袋，掏出一隻摺得栩栩如生的紙魚。這是之前從邱于耀的日記中掉出來的，她卻一直忘記放回去。

她將摺紙魚扔向邱于豪，他抬手接住，臉色在看見掌心的摺紙魚時一變，「這摺紙魚是從哪來的？」

季苡萱也不瞞他，「從你哥的日記裡掉出來的。」只是她一直放在外套口袋裡忘記拿出來。

邱于豪握著手裡的摺紙魚，想起數年前，哥哥總是把考卷摺成魚。他在季苡萱的注視下，指尖有些發顫地攤開那隻摺紙魚。

那是一張補習班的試題卷，右上角的分數被打上五十八分。

第四章

「哥、哥哥，摺那個給我！」

邱于豪記得，年少時，常趁父母沒注意溜進邱于耀的書房，央求哥哥摺紙給他。

「哪個？」邱于耀臉上帶著笑，假裝聽不懂弟弟的話。

「就臂章呀！」邱于豪在自己的手臂上比劃著，「警察叔叔別在手上的那種，很帥！」

邱于耀對弟弟的要求幾乎是有求必應，他拿出抽屜裡的紙張，動手摺一個臂章，還用原子筆在上面畫上一隻雄鷹。

「哇！眞的好像耶！」邱于豪興奮地大喊，下一秒，哥哥比了食指壓在他的唇前。

「噓，你想讓爸爸媽媽發現嗎？」邱于耀續道：「小豪之後一定能當警察的。」

「謝謝哥哥。」

邱于豪珍惜地捧著紙臂章，轉身離開書房前，不忘朝邱于耀漾出燦爛的笑容。

看著弟弟難掩開心的身影，邱于耀眼底布滿笑意，笑容卻在弟弟關上房門後逐漸淡去。

他打開書桌抽屜，拿出一張又一張滿分的試卷。最底部，是一張右上角被寫上「五十八」的試卷。

他輕輕撫過上頭的紅字，深邃的眸閃過濃濃的愁緒。

數年後，這張試卷以紙魚的形式，到了邱于豪的手上。

「魚」是邱于耀最常摺的樣式，兒時，邱于豪曾經問哥哥，爲什麼喜歡摺紙魚？

「因爲魚兒可以在水裡優游自在。」邱于耀雙眼裡滿是嚮往地回答。

在邱于豪的印象中，哥哥沒有考過如此低的分數，至少從未不及格過。難道是因爲考差怕被爸媽責備，才把這張試卷摺成紙魚藏起來嗎？

邱于豪專注地注視著手裡的試卷，腦中閃過千頭萬緒。

季苡萱怕摺不回去，當初撿到紙魚時並沒有拆開它，趁著邱于豪打開摺紙魚，她湊上前查看。

掃過每道被圈起的答題，季苡萱的注意力被其中一道奪去。

邱于豪循著她的目光看向那道題，上面被紅筆畫了一個「×」，這題是邱于耀答錯的題目。

「這題的答案被改過了。」季苡萱伸出手，指了答題處，上頭有被立可白塗改過的痕跡。

邱于豪皺起眉頭，「應該是寫錯答案改掉的吧？」寫錯用立可白修改很正常，邱于豪並不覺得哪裡奇怪。

季苡萱從他手裡抽走試卷，翻到背面高舉過頭，透過月光她發現疑點，「你看，他原本寫的是對的，卻故意把答案改成錯的。」

邱于豪定睛一看，這題的答案原本應該是C，哥哥卻把原本寫下的C改爲D了。是考試時判斷錯誤嗎？邱于豪再仔細透過月光一看，發現立可白上隱約有紅筆的痕跡。季苡萱看他似乎觀察到其中的問題，便把考卷還給他。

邱于豪用指甲劃開試卷上的立可白，發現這道題原本是被紅筆打勾的。

「難道是故意改成錯的答案，再給老師修正？」邱于豪低喃，他瞄了眼右上角的分數，續道：「可是分數沒有變動。」

「因爲修正的人不是老師，是你哥哥自己。」季苡萱聳了聳肩。

爲什哥哥要這麼做？邱于豪不解地看向季苡萱，「妳怎麼知道是我哥自己修改答案？」

被他盯得心尖一顫，季苡萱吐舌一笑，「改改答案和分數這種事，是學生應該都做過吧？」

邱于豪瞇起眼，深如潭的眸中劃過一道涼意。

「我就沒有做過，竄改試卷是嚴重違反校規，要記大過的。」他低沉且嚴厲的嗓音傳進季苡萱耳裡，她不禁心虛地低下頭。

「反正我改不改都是全班倒數第一……」季苡萱在他緊迫盯人的目光下，清了清喉嚨續道：「咳……保證以後再也不會了，邱隊長，這樣可以了吧？」

邱于豪緩緩收回視線，重新檢視手裡的試卷。他始終想不透哥哥大費周章地留下這張試卷並摺成紙魚的用意在哪。

視線瞥向右上角的分數，邱于豪發現，分數下方有一行紅筆的字跡——下次再加油！

短短五個字，象徵著師長對學生的鼓勵。

季苡萱循著邱于豪的目光也發現到那段紅字。會如此小心翼翼地摺成紙魚收進日記本裡，代表邱于耀應該相當在乎這張試卷。

季苡萱正想開口，問問他們下一步該如何是好，這時，不遠處傳來熟悉的呼喚。

「苡萱。」

季苡萱循聲望去，叔叔一手抱著小亮，一手提著購物袋，看起來是出門採買回來。

「是妳的家人嗎？」邱于豪的問。

季苡萱朝叔叔揮了揮手，點了點頭對邱于豪說：「是我叔叔。」

季叔叔站在原地沒有要離開的意思，似乎在等季苡萱。見狀，邱于豪向對方微微彎腰鞠躬，轉身對季苡萱說：「不早了，今天妳就先回家吧！」

季苡萱猶豫了下，先看一眼不遠處的叔叔，再看邱于豪手中的試卷，「可是你哥哥的試卷……」

「如果那位老師真的是哥哥日記裡的F，那我們再找時間去看看也不遲。」邱于豪垂下眼，「我也很好奇哥哥喜歡的人是什麼樣子？」

季苡萱頷首，沒有拿回試卷，只帶著邱于耀的日記本離開。

她走向叔叔，幫忙接過小亮低頭哄了哄，這條回家路上感覺相當安靜，她抬眼，只見叔叔一臉欲言又止。

「叔叔，怎麼了？」

季叔叔思索了幾秒，才低聲說：「以後晚了就早點回家，女孩子一個人在外面不安全，尤其海堤那裡黑漆漆的，風又大，萬一出什麼事也難呼救。」

季苡萱一愣，明白叔叔是關心她，輕輕點了點頭，「知道了，我下次會注意一點，早點回家。」

季叔叔已經做好姪女處於叛逆期的心理準備，以為她不會理會自己，沒想到季苡萱這麼乖順，他反而有些愣神。

腦海浮現剛剛在季苡萱身旁的少年，對方的模樣白淨有禮，似乎不是什麼壞學生。

像是想起什麼似的，季叔叔忽地開口：「苡萱，我今天收到一個消息，妳哥哥他……」

回到房間，季苡萱緊抓著外套衣襬，得用盡全力才不會讓啜泣聲傳出房間。

腦海裡不斷重複播放著回家路上叔叔所說的話——

「因為妳繼父家人的上訴，亦楓的刑期又增加了。」

壓抑著哭泣使胸口脹痛難受。

季亦楓原本的刑期是四年，再幾年他就能夠出獄了，但判定他是在有意識下蓄意傷害繼父，造成對方傷重不治，所以刑期加長仍可再訴。

季苡萱僅是個學生，沒有錢請律師，叔叔也因爲嬸嬸的關係不便出錢幫忙。季苡萱不怪叔叔，只是距離手足相逢的時間又被拉長，內心不由得涼了幾分，彷彿被潑了一桶冰水，從頭頂涼到腳底。

她聽到消息的當下，眼眶就不能自制地發酸，一直忍到回房間眼淚才潰堤。她撫著身上穿的虎頭外套，這是哥哥留給她最後的溫暖。

口袋裡傳來震動聲響，季苡萱過了好一陣子才緩過情緒，拿出手機，發現是邱于豪傳來的訊息。

「抱歉，今天不是刻意迴避妳的話，只是想不想當警察，現在不是我說的算……我由衷希望妳的夢想能夠成眞。」

看著邱于豪的訊息，季苡萱垂下眼，如今她的夢想又哪是她說得算呢？

看著螢幕裡的訊息，一字一句，都讓季苡萱的心尖淌過一絲暖流，尤其是最後邱于豪的祝願。

她低下頭，桃色的髮絲落入眼裡，季苡萱抬手抹去頰上的淚，在心裡做了一個決定。

✦

早自習要結束時，學校圍牆邊探出一雙白皙的手臂。

巡視的糾察隊員見狀立刻上前，對著圍牆外的人大喊：「遲到的同學，報上學號、班級和姓名。」

糾察隊員的話音剛落，一道倩影動作俐落地翻過牆，抬眼迎上對方驚疑的目光。

「妳、妳是季苡萱……嗎？」

糾察隊員險些認不出眼前的人，只因季苡萱的一頭黑髮，身上還穿著潔淨的制服。

翻牆使襯衫有些摺痕，她伸手捋了捋整理平順，姣好的身材、白淨的肌膚，再配上晶瑩水汪的大眼，讓她看起來像是乖巧的學生。

她今天特地起了個大早，到髮廊和昨晚就約好的小紅會面，請她幫忙把自己的頭髮染黑。

「學生果然就該有學生的樣子，妳看，這樣不是很好看嗎？」小紅替她吹乾髮絲，餘光瞄了眼時間，趕緊收起圍在季苡萱身上的圍布，「早自習都快結束了，妳趕快去學校吧！」

季苡萱向小紅道謝，離開髮廊之際，阿坤正進髮廊要來找小紅。

看到季苡萱一頭黑髮，還身穿制服，阿坤臉上閃過一瞬的僵硬，仍揚起笑向季苡萱打招呼。

「苡萱，我最近買了一台車，邀了幾個朋友要去海邊兜風，妳要不要跟我們一起去？」阿坤指著不遠處停放的高級車。

季苡萱搖了搖頭，「我要去學校上課。」

「上課？妳是眞心話大冒險輸了嗎？妳可是一個月被記二十幾次違規的缺曠課常客耶！」阿坤睜大眼，滿臉不相信，「還是我現在打電話叫姜澔軒，妳跟他比較熟，我們一起出去玩？」

聞言，季苡萱拉下臉，「我——」

「人家要不要去上學關你什麼事？」一聲嬌喝傳來，小紅瞪著阿坤，氣得雙頰鼓起，她轉頭對季苡萱說：「苡萱，妳別理阿坤，趕緊去上課吧！」

季苡萱點了點頭，臨走前看了阿坤一眼，腦海閃過姜澔軒調查到的情報，於是走上前，「阿坤哥，你認識邱于耀嗎？」

一聽到這個名字，阿坤的臉色驀然刷白幾分。

「聽都沒聽過，不認識。」他別開臉，見小紅欲言又止，便對她喊：「妳也不認識他！」

季苡萱下意識看向小紅，她輕輕搖頭，表示不願意再談這件事。

「不是要去上課嗎？」阿坤急聲催趕，「趕快去啊！」

季苡萱蹙起眉頭，心想，阿坤這裡應該無法探聽到其他事了。只好拿起書包，轉身前往學校。

小紅的低語一字不漏地傳入季苡萱耳裡，「阿坤，事情過去這麼久了，你也知道，他的事情其實跟你沒——」

「朋友他們還在車上等我，先走了啊！」

季苡萱回頭，只見阿坤匆匆忙忙跑回自己的車上，留小紅一人在髮廊。小紅看著他遠去的背影似乎輕輕嘆了口氣。

季苡萱走往學校的路上一直在想，如果邱于耀是因爲阿坤的霸凌才選擇走上絕路，那除了與他們同屆的小紅，會不會有其他人也知道這件事呢？

在萬千思緒中，季苡萱抵達學校。翻牆入校卻被糾察隊逮個正著，季苡萱撇撇嘴，朝糾察隊員伸出手。

「妳、妳想幹麼？」糾察隊員連忙後退幾步，就怕季苡萱給他來記難忘的過肩摔。

「登記簿。」季苡萱對上他驚懼的眼神，眼角一抽，「我遲到了，難道不需要登記嗎？」

「要！」

季苡萱主動配合的樣子，糾察隊員相當不習慣，過了數秒才回過神，遞出登記簿。

季苡萱在登記簿上寫下學號、班級與姓名。掃了一眼表格最下方，負責登記的糾察隊員會在每個表格的最下方簽名。邱于豪向來抓人抓得最勤，但今天並未看到「邱于豪」三個字。

「你們隊長今天沒值勤嗎？」季苡萱開口問道。

糾察隊員接過登記簿，直言，「隊長今天人不舒服請假，聽說是昨天吹風感冒了。」

請假？

季苡萱想起昨晚兩人去海堤，應該是夜晚的海風寒氣重，邱于豪才會受涼感冒。

一股悶脹感莫名自心裡頭升起，腦中浮現邱于豪那張俊逸卻略帶蒼白的臉龐，昨天她怎麼沒注意到他的臉色不對勁呢？

見她沉默，糾察隊員小心翼翼地出聲：「要打上課鐘了，妳再不進去要記妳曠——」

季苡萱上前並對他伸出手，糾察隊員立刻縮起肩膀，就怕她心情不美麗會對他動手。

沒想到季苡萱只是在他肩膀拍了兩下，拍落他肩膀上的碎葉。

對上季苡萱疑惑的神情，糾察隊員不好意思地低下頭，傻笑說道：「謝謝妳呀！」

「不會。」季苡萱聳了聳肩，越過他往教室走，像是想起什麼，她再次伸過手抓住糾察隊員的肩膀。

兩人距離瞬間拉近，糾察隊員瞪大雙眼，臉頰忍不住脹紅，「妳……」這距離近得可以數清季苡萱的睫毛，糾察隊員羞紅了臉，低下頭不敢與她對視。

季苡萱眉頭緊皺地開口：「喂，你知道邱于豪住在哪嗎？」

糾察隊員一臉懵地看著她，過了數秒，會意了她話語的意思，思索了一會才開口：「不、不知道確切位置，只知道隊長家好像住在××公園附近。」

「哦，謝啦！」季苡萱放開他，轉身走向教室。

糾察隊員盯著季苡萱瀟灑的背影，直到身影完全消失才回過神。

難道就像其他隊員猜想的，不是只有隊長喜歡人家，季苡萱也對他有意思？

季苡萱一改先前的顯眼打扮，乖巧的黑髮和整齊的制服，惹來師生們的竊竊私語，連教官都忍不住找上她。

「季苡萱，妳又想搞什麼花樣？」

季苡萱眼角微抽，平常她因爲染了各種髮色備受關注，現在染回黑髮也免不了被關切。

「教官總是在朝會時告訴大家『學生就該有學生的樣子』，」季苡萱捋起一縷黑髮，低頭看了眼自己身上的制服，接著說：「那學生應該要是什麼樣子？」

教官張了張口，發現面前季苡萱的裝束無從挑剔，只好轉向一旁，攤開糾察隊送過來的違規登記簿，指著季苡萱的名字。

「學生不會總是遲到和曠課，更不會翻牆入校！」

季苡萱雙眸一垂，「我保證沒有下次了。」

教官沒想到她如此順從，以往季苡萱對他的話總是左耳進右耳出，現在她一改態度，教官想要責罵也沒了底氣。

「看來季同學是眞心想要改過。」

一道清朗的嗓音傳來，教官循聲看清來人，原本緊皺的眉眼立刻一鬆，「方主任，您怎麼過來了？」

方主任原本是教師，後來積極考取主任，季苡萱除了在朝會時見過方主任，其他時間鮮少與他接觸。上次聽邱于豪提過方主任，他的出現讓季苡萱忍不住多瞧幾眼。

「我過來找些資料，經過走廊聽到一句很有意思的話。」方主任看向季苡萱，重複她剛剛對教官說的話，「學生應該要是什麼樣子？」

「總之好學生不會像她這樣。」教官拿起登記簿，翻過前面幾頁，總是出現季苡萱的名字。

方主任接過教官手裡的登記簿，翻了翻後對教官說：「陳教官，學生如果來學校整天只是學習和念書，這樣的生活是不是太枯燥無味了呢？」

「學校本來就是學習的地方。」教官板起臉，不認同方主任的話。

「學校就像是一個小型的社會，除了學習，他們會在這裡跟朋友嬉戲打鬧，也會與師長和同儕互動。如果要說我心中學生的樣子……」

方主任緩緩放下登記簿，對季苡萱微微一笑，續道：「大概就是像季同學這般充滿活力。」

迎上方主任的目光，季苡萱感覺心尖一顫，悄悄地移開視線。不知道爲什麼，和方主任對視時，胸口悶得像是被人捏住心臟般，微微地發疼。

與教官談完，季苡萱在走廊被方主任喊住，「季同學，能借一步說話嗎？」

季苡萱轉頭，看著向自己走來的方主任臉上帶著和善的笑容，她心尖一突，輕輕點頭。

季苡萱跟著方主任來到校內花園裡的涼亭，因爲已經是上課時間了，四周格外寧靜，只有老師講課的聲音隱約傳來。

季苡萱不禁朝教室的方向看了看，小動作落入方主任眼裡，「我等等會開證明單給妳帶去教室，不用擔心會被記缺曠課。」

小心思被看穿，季苡萱不好意思地低下頭，「謝謝主任。」

方主任嘴角帶著笑意，負手對季苡萱開口：「前陣子妳跟于豪一起出公差吧？」

他的話讓季苡萱一愣，回想那次出校，邱于豪確實說是方主任請他添購文具，兩人才獲得許可外出。

季苡萱小心翼翼打量方主任的神情，心裡有了打算，「是我威脅他帶我一起出校的。」

她揚起下顎，佯裝出凶狠的臉色，「我威脅他，如果不帶我出校，就暴打他一頓。」

聞言，方主任愣了數秒，隨即發出爽朗的笑聲，笑得連腰都彎了。

他不相信嗎？季苡萱有些苦惱，想著要不要上前揪住主任的衣領表示她很「壞」，但襲擊師長會不會被記大過……再嚴重會不會收到停學處分？

季苡萱的思緒陷入糾結，這時，方主任停止了笑，嘴角仍忍不住微微上揚，「我認識的邱于豪，即使拿一把刀架在他脖子上，也逼不了他做不願意的事。」

方主任看眼前的少女臉色閃過窘意，輕聲說：「更何況，妳也不是會逼迫同儕的人。」

「我們應該沒有熟到主任能斷定我是什麼樣的人吧？」季苡萱覺得心中莫名有一股悶氣，方主任表現得好像很了解她，這感覺令她相當不自在。

方主任的視線移向花園裡翩舞的白蝶，淡淡地說：「我們確實不熟，不過去年妳有在花園的矮牆後照顧一隻小貓吧？」

一番話讓季苡萱瞪大雙眼。

某天的上學路上，有隻貓咪差點被大卡車輾過，爲了救牠，她又被記了遲到與缺曠課，不過懷中傳來的小小心跳和溫度，讓她缺空的心靈頓時感到滿足。

叔叔家的公寓禁止養寵物，所以季苡萱把小貓帶去髮廊，打算問小紅是否願意領養，但那幾天小紅正好請假，季苡萱只好先將貓咪帶到學校。

她找了紙箱裝著小貓，藏在花園的矮牆後。這裡不僅隱密，離教學樓又有一段距離，小貓不容易被發現。

那幾天她準備許多寵物用品到學校，甚至幾乎是最早到校，她準時出現在教室時，還嚇了教官跟老師們一跳，以爲她轉性了。

她沒有告訴任何人小貓的事，就連陳靖雯也不知道，沒想到方主任發現了。

方主任見她神情驚訝，揚起微笑，「我也是碰巧看見的，一早來學校，想說怎麼有貓叫聲，走近就看到季同學相當細心地照顧小貓呢！對動物這麼友善的孩子，會有什麼壞心思？」

後來，小貓被小紅的朋友領養，送養時季苡萱還不捨地流下幾滴眼淚。

方主任的話讓季苡萱不好意思地低下頭，「主任，以前的我……」

「我們不能選擇自己的家庭，但可以決定自己的未來。」方主任上前拍了拍季苡萱的肩膀，「朝著未來而拚命，儘管努力不一定會有回報，但好壞與否都是奮力的成果，不後悔便是最好的結果。」

季苡萱看向方主任，輕聲反問，「那主任曾經做過讓您後悔的選擇嗎？」

方主任聞言陷入片刻的出神，隨即露出淡淡哀傷的笑，「有。」

他輕嘆了口氣，「所以我才發誓，不再讓學生們像當初那般……連一次反悔的機會都沒有。」

看著方主任憂傷的眼神，季苡萱不自覺想起邱于耀走向絕路的選擇，如果能再給邱于耀一次機會，他的未來是否就不是停在那年初夏呢？

回到教室，季苡萱將方主任寫給她的證明單交給老師。

老師瞪大眼，再三確認單子上的簽名確實是方主任，才讓季苡萱回到座位上聽課。

季苡萱感覺到來自四面八方的視線，同學們看著她的目光滿是好奇，他們不曾看過如此「正常」的季苡萱。更讓大家驚訝的是，她居然從書包拿出課本和筆記本，打算專心上課。就連老師也被她的舉動驚得忘記在黑板上寫字。

「班長。」季苡萱像是沒看見四周的注視，伸手輕戳坐在她前面的陳靖雯。

陳靖雯轉過頭，一時之間難以接受季苡萱的裝束而愣了愣，不過，不管是什麼造型，都不減她的魅力。

「現在上到哪了？」

一句話拉回陳靖雯的思緒，內心驚訝同爲女生的她，竟然看季苡萱看到走神，清了清嗓，「第四十六頁。」

「謝啦！」季苡萱翻到四十六頁，課本乾淨得連一行筆記也沒有。

她抬頭看了一眼黑板，在筆記本上抄下老師所寫的內容。

看她專注的樣子，陳靖雯收起驚訝的表情，轉過身，嘴角露出欣慰的笑。

放學鐘響，季苡萱收拾書包準備離開，卻被陳靖雯喊住。她拿了一本補習班的招生簡章給季苡萱。

「這是……」

「妳上次不是跟我要補習班的榜單嗎？我後來跟補習班的講師要了前幾年的招生簡章，裡面或許有妳要的資料。」

季苡萱翻了翻簡章，確實有菁英補習班的師資介紹。她將簡章收進書包，開心地對陳靖雯說：「謝謝妳的幫忙！」

「沒什麼。」

以往季苡萱對自己的態度總是既敷衍又冷淡，看到她臉上帶著和善的笑容，陳靖雯也不禁笑開，「功課上有什麼問題都可以問我，別客氣。」

季苡萱笑了笑，再次感謝陳靖雯的心意。

和陳靖雯道別後，她往校門口走，遠遠就看見王鑫駿朝自己用力揮手，身旁還跟著幾個人。這群人看著眼熟，是常跟著姜澔軒的不良學生。

季苡萱挨不住王鑫駿熱情的呼喚，邁步走向他們。視線一掃，沒看見姜滸軒的身影，「姜大王去哪了？」

王鑫駿指著不遠處的公車站，「剛剛跑去追一個女生。」

季苡萱沒想到姜滸軒是個痴情種，雖然他混幫派，但深邃又好看的五官，吸引不少女孩圍繞在他身邊。不過沒看他交過幾次女朋友，看來這次是認眞想追對方了。季苡萱想了一下，對方似乎是個乖乖牌，姜滸軒還得多花點心思了。

「老大，妳怎麼把頭髮染黑了？」王鑫駿看她連虎頭外套都沒穿，驚訝地大喊：「楓哥的外套呢？」

季苡萱很寶貝哥哥留下的外套，就算把外套拿去洗也會馬上烘乾，一年四季幾乎沒看她脫過幾次那件外套，每次王鑫駿想摸兩把，都會被她拍開手。

「放在家裡。」

季苡萱見似乎沒什麼事，轉身就想走，王鑫駿趕緊上前攔住她，手拉季苡萱的書包背帶，「我們待會要去唱歌，妳要不要一起去？」

「不去了。」季苡萱搖頭，「我要回家念書。」剛剛陳靖雯提醒她明天早上有數學小考，她要回去算習題。

她的話讓王鑫駿大吃一驚，半晌都說不出話，這是他的老大會說的話嗎？念書？太陽要打西邊出來了？

「我有沒有聽錯？季苡萱說要念書？」一名同校的不良女同學發出一聲冷笑，問其他人，「是我耳朵有問題嗎？你們也聽到了吧！」

其他人點了點頭，看季苡萱的眼神就像是看到怪物。

季苡萱回頭瞥了對方一眼，她記得那女孩好像喜歡姜澔軒。

季亦楓對姜澔軒有恩，所以姜澔軒總是格外照顧季苡萱。兩人感情不錯，就像是義兄妹，但在外人眼裡好似姜澔軒在寵她，那女孩因爲吃醋，私下沒少找季苡萱麻煩，而季苡萱也不是白白被欺負的軟柿子，因此兩人互看不順眼許久。

「耳朵有問題就去看醫生。」季苡萱掀唇一笑，手指著腦部，「或是有其他毛病也一起看一看，說不定有打折。」

「妳！」女生氣極，厲聲喝：「別以爲妳染回黑髮、穿好校服就是好學生，妳身體裡就流著劣根的血，要不然妳哥哥也不會——」

季苡萱一個箭步上前，速度快得連王鑫駿都拉不住，書包背帶被這麼一扯居然斷了，包裡的物品散落一地，課本、筆記本、簡章，還有邱于耀的日記本。

她沒有心思注意散落的物品，一把拉住女孩的胳膊，女孩著急地想揮拳，她立刻抬手抓住對方的手。

「妳想幹麼？」沒想到會被季苡萱反制，女孩驚恐地瞪大雙眼。

「我哥哥怎樣？」季苡萱眼底覆滿寒霜，冷笑道：「劣根？我今天就讓妳知道什麼叫劣根。」

說完她抽回一隻手朝對方臉頰揮去，手腕被一道力量從後方緊緊抓住，傳來的溫度高得幾乎要灼傷她的肌膚。

「季苡萱！」

她回過頭，是本不該出現在這裡的人，嘴角的冷笑倏爾變成自嘲的笑，「邱隊長，你發燒還來學校呀？」

不知道邱于豪為什麼會在放學時間來學校，季苡萱抽回被抓住的手，也放開面前的女孩，轉身就往大街的方向走。

「季苡萱，妳站住！」女孩氣憤地上前，卻被王鑫駿攔下，「老大妳快走，我攔住這瘋婆子。」

「你才瘋，你全家都瘋！」女孩打算推開王鑫駿，被他靈活閃過。她對走遠的季苡萱大喊：「就算妳換髮色、改穿著，妳還是差勁的學生，記過紀錄和愛校服務樣樣都有妳，想抹都抹不去！」

季苡萱腳步一頓，但她沒有回頭，挺直腰桿繼續向前。

女孩喊得氣喘吁吁，此時一抹高大的陰影逼近身側，她抬眼對上邱于豪涼若寒潭的深眸。

「糾、糾察隊長……」被他盯得背脊發涼，女孩縮了縮肩膀，躲在王鑫駿身後。

邱于豪收回懾人的目光，看了眼季苡萱離開的方向，邁步要追上，一隻大手卻抓住他的肩膀。

轉頭一看，竟是姜滸軒。

他身後還跟著嬌小的女孩，一張瓜子臉緊張地皺著，揪住姜滸軒的衣襬，叫他趕緊放手。

「有事？」眼看季苡萱的身影消失在視線中，邱于豪臉色一沉。他的身體還沒完全恢復，使不上力氣，一時之間難以甩開力大魁梧的姜滸軒。

「你是范攸的什麼人？你放學約她要幹麼？」姜滸軒皺緊眉頭質問。

他剛剛追上女孩，沒想到她卻說與人有約，他一路跟上，發現她要找的竟然是邱于豪。

這傢伙不是季苡萱那時護著的人嗎？

姜滸軒沒看見季苡萱，也不用顧及她的面子，伸手揪起邱于豪的衣領，一副要出手揍人的樣子，嚇得一旁的范攸用力拍他的手臂，讓他趕緊住手。

「放開糾察隊長，你要找的不是我嗎？」范攸語帶哭腔，姜滸軒冷哼一聲，鬆手放開邱于豪。

邱于豪輕咳一聲，冷眼先看了眼姜滸軒，隨即看向面露擔憂的范攸。

姜滸軒見狀特意擋住他的視線，范攸立刻推開他，對面色泛白的邱于豪說：「對不起……你今天請病假還來學校找我，是有什麼事嗎？」

邱于豪搖了搖頭，看姜滸軒一副要活剝他的凶狠模樣，看來他得把握時間說明來意，就算是在人來人往的校門口，被戀愛沖昏頭的男人什麼事都做得出來。

「妳哥哥在菁英補習班當講師嗎？」邱于豪問范攸。

「是……」范攸愣了愣，「你怎麼知道？」

「別管我怎麼知道，我今天找妳是想拜託妳一件事。」邱于豪垂下眼，沉聲續道：「能不能替我轉達一句話給妳哥哥？」

落日西下，季苡萱踩著斜陽走在大街，那個女孩的話在腦中不斷回響。

經過店面時，落地窗映照出她的模樣，看著自己的倒影，季苡萱抬手撫過耳邊烏黑的秀髮，自嘲似地說：「我是在騙誰呢？」

她說得對，只要她是季苡萱，誰會相信她從此改過向善？

她抬手抹去眼角的溼潤，邁步走回校門口，打算回覆王鑫駿的邀約。一轉身，不遠處的熟悉身影吸引了她的目光。

段歆還有……菁英補習班的范老師？

她蹙起眉頭，想了想，足尖一轉便跟上。

一路跟著他們到一處人煙稀少的停車場，看著段歆和范老師並肩，季苡萱好奇段歆怎麼會和范老師來到這裡？

正想著要不要找時間向她打聽范老師，卻想起彼此的嫌隙，心中的芥蒂就像一道立在季苡萱面前的檻，需要勇氣才能跨過去。

那兩人在車前停留許久，似乎沒有要離開的樣子，季苡萱躲在一旁腿都有些發麻了，又不能太靠近偷聽他們對話。

這時，范老師拿出車鑰匙，似乎要跟段歆道別，下一秒的畫面，令季苡萱的雙眼不自覺地瞪大。

范老師伸手摟住段歆，看起來像要將段歆押進副駕駛座。

她心中的警鈴頓時大響，邁步上前想阻止，手腕忽地被一隻灼熱的大手抓住。

「邱于豪。」她回頭，目光堅定地看著身後的少年，無聲的眼神像是在說「幫幫我」。

邱于豪毫不猶豫地點頭，拉著她，兩人快速朝前方而去。

季苡萱夢過無數次在洗手間聽見段歆說那些話的場景。

每一次她都想衝出去叫她們閉嘴，但一次次都無法轉開門把，只能把訕笑字字句句聽進耳裡，就算摀住雙耳，也擋不住那些惡意。

她碰巧聽見那些話，沒有當面跟段歆翻臉，而是單方面與她絕交，還封鎖她。往後不論段歆再怎麼想與她聯繫，都找不到人，即使兩人就讀同一所學校，也形同陌路。

她以爲自己能做到冰冷無情，但看到段歆差點被范老師押上車，身體還是比腦子更快做出決定。

「段歆！」

段歆聽見熟悉的嗓音，還沒意會過來，就看見一道高大的身影撲向范老師。隨後，季苡萱一把拉住段歆的手臂，將她護在自己身後，晶瑩的雙眼帶著氣勢瞪著范老師。

「苡萱、邱于豪？你們……」段歆張大眼看著他們。

季苡萱沒回應她，抬腳狠狠踢了范老師的小腿，拉著段歆就往停車場外跑。

「邱于豪，快走呀！」季苡萱不忘回頭喚他。

聞言，邱于豪點頭。他低頭對上范老師驚愕的目光，眼底閃過一絲黯色，「邱于耀，記得他吧？」

邱于豪放開范老師，語調帶著冰凍的寒意，「記得我哥他……喜歡你吧？」許久未聽見的名字傳入耳中，范暐的瞳仁瞬間縮了下，看著眼前模樣與邱于耀有幾分神似的少年，他感覺全身的血液隨著邱于豪寒冽的目光逐漸變冷。

見邱于豪轉身要走，范暐立刻伸手拉住他，「等等，你——」

顯然邱于豪沒有和他深談的打算，一把抽回被抓住的手臂，皺起眉頭，「今天的事，一報警就會毀了你辛苦經營的一輩子。」

范暐退後一步的震驚貌落入邱于豪眼中，淡淡地續道：「你要多虧你妹妹，她說你是個好人。但是她眼裡的好人，在其他人的眼裡呢？」

透過邱于豪的雙眼，范暐感覺彷彿是邱于耀在盯著自己。

想起曾經對他笑得燦爛的少年殞落在最美好的年華，他喉頭一澀，沉聲開口：「我……從不覺得自己是好人。」

「好壞不是你說得算。或許你沒有想傷害段歆，然而，從旁人看來，即使是場小誤會，只要有一人相信，就是悲劇的開始。」

邱于豪說完不等范暐出聲挽留，便舉步追上季苡萱和段歆，留下因他的話而面色凝重的范暐。

季苡萱拉著段歆來到人來人往的大街，經過一家以前常光顧的餐館，剛好老闆站在門口抽菸，一眼就認出她們，朝兩人揮揮手。

「好久沒看到妳們一起來了，肚子餓不餓？要不要吃東西？」

季苡萱回頭看了段歆一眼，見她點頭，兩人便並肩走進餐館。

坐下後，季苡萱發訊息給邱于豪告訴他所在位置，一放下手機，就迎上段歆專注的目光。

「妳幹麼這樣盯著我看？」

想起剛剛在停車場的畫面，季苡萱蹙起眉頭叨念：「妳知道剛剛那個人是誰嗎？不，不管對方是不是妳認識的人，怎麼可以輕易跟一個男人去這麼偏僻的地方？今天如果不是我跟邱于豪看到，妳現在可能已經被載去荒郊野外了！要多保護自己一點啊！」

抬眼就看見段歆眉眼中的笑意，季苡萱頓時有拿筷子戳她的想法，「有什麼好笑的？」看到段歆差點被押上車，她都快被嚇死了。

段歆嘴角的笑意更深，「看到妳這麼擔心我，我好開心。」

她的話換來季苡萱一記大白眼。

「不過妳誤會了，范老師是要我上車沒錯，但沒有要帶我去哪。」段歆從書包裡拿出一綑緞帶，還有幾個綁得相當精緻的蝴蝶結。

「范老師的妹妹下週生日，前陣子她剛轉來我們學校。聽說她以前身體不太好，所以范老師相當照顧她。」在季苡萱的注視下，段歆把緞帶放在桌上。

「老師想給她一個驚喜，所以我提議，要他把禮物跟驚喜藏在車上。」

季苡萱癟起嘴，原來是一場誤會嗎？

「我看他伸手扣住妳的肩膀，還以爲是他強迫妳……」她甚至還用力踢了他，范老師會不會告她傷害？

段歆搗嘴笑，「那是因爲他覺得我綁緞帶的地方不太好，會影響車門開關，要我進去車裡解開。」

聽完她的解釋，季苡萱有回頭給范暐鞠躬道歉的衝動。

她揉了揉發疼的太陽穴，嘆氣的同時，一隻大手撫上她的額。

她抬頭看，一見到邱于豪，便抓起他搭在自己額上的手，「我們誤會范老師了，他沒有要欺負段歆。」

「嗯，我知道。」

邱于豪一走進店，就看到季苡萱在揉太陽穴，還以爲她感冒了，於是伸手探了她的額溫，應該是沒有發燒。

「你知道？爲什麼沒阻止我？」季苡萱鼓起雙頰。就她一個人在擔心，原來小丑竟是她自己。

邱于豪嘴角出現淡淡的笑意，他回握季苡萱的手，她個子嬌小，連手也小小的，小掌握在手中，給他帶來陣陣溫暖。

兩人的動作落入段歆的眼裡，她好奇地直盯著他們。

或許是她的目光太過灼熱，季苡萱立刻抽回手，「咳……這餐廳是不是沒開空調？有點熱。」季苡萱拉了拉衣領，掩飾臉頰騰起的紅霞。

邱于豪像是沒看見她侷促的神情，淡然的眼神向段歆一瞥。

段歆接收到他的視線後一愣，隨即拿起書包開口：「你們是不是有什麼話要談，還是我先離開？」

季苡萱眼角一抽，她現在可不想跟邱于豪獨處。

「不行，妳坐下，點餐！」季苡萱一把拉過段歆的手臂，還塞了菜單到她面前。

段歆偷偷瞄了眼邱于豪，他沒有開口驅離她，反倒是眼神又更深沉了些。

她不禁有些失笑，在菜單上畫了幾樣以前常點的菜，下意識問季苡萱，「妳的蔥抓餅一樣不加醬油改加番茄醬嗎？」

季苡萱點點頭，開口的同時，身旁的段歆也淡淡地吐出一句。

「我的蔥抓餅要切成四塊，邊邊不要太焦。」

「跟以前一樣要切成四塊嗎？邊邊不能太焦，對吧？」

兩人異口同聲，相視一眼，在彼此眼中看見清晰的笑意。不論過了多久，曾經的默契依然沒有消失。

邱于豪看著眼前兩位面色帶笑的少女，覺得自己才是該離席的那方。

「邱于豪，這裡的蔥抓餅很好吃，你也點一份吧！」感覺前方傳來的溫度有些低，段歆趕緊斂起笑，把菜單推向他。

邱于豪沒有接過，僅伸出手指了被段歆寫上備註的欄位，「我跟她吃一樣的。」

循著他修長的指尖，季苡萱看見他指的地方正是加番茄醬的蔥抓餅，心跳不禁漏了一拍。

見狀，段歆微笑，「你的口味跟苡萱一樣『特別』呢！」

「什麼特別？這叫懂吃！」季苡萱不滿地回應，隨後衝著邱于豪揚起下顎，像是在說「你說是不是」。

邱于豪嘴角輕揚頷首，季苡萱伸手拍了拍他的肩膀，「吃了這份蔥抓餅，以後我們就是兄弟……咳，姊弟了。」

段歆覷一眼邱于豪，見他的嘴角瞬間僵掉，連忙拿起菜單起身逃離，「我去點餐，你們在這稍等一下。」

座位上只剩他們兩人，邱于豪正想向季苡萱解釋，他爲何知道范老師沒有做出壞事，這時，季苡萱拿出他哥哥的日記並遞給他，「還給你。」

邱于豪一愣，眸色微沉，「還沒有找到F，不是嗎？」

「我沒有不跟你一起找你哥離世的原因，只是這日記本來就是你哥的遺物，還給你也是應該的吧！」

季苡萱趕忙解釋，不過她越說聲音越小，「而且你這麼聰明，會沒猜到F是誰嗎？」

聞言，邱于豪看向垂著頭的她，沉聲開口：「前陣子轉學來我們學校的范攸，是范老師的親妹妹。」

這名字聽起來有些耳熟，季苡萱想了想，想起姜湝軒在追的那個嬌小女孩。上次她還跟邱于豪一起走出校門。

季苡萱張大眼，「那時候你就知道范老師是……」

「原本只是猜測，但我問過范攸，確定當年的考前衝刺班，確實是由范暐所帶。」

季苡萱蹙起眉頭，如果照段歆和范攸說的，范暐不是會做出壞事的人，難道感情不是讓邱于耀走上絕路的最後一根稻草嗎？

「你會想跟范暐談談嗎？」

季苡萱想了想，這件事可能還是得找當事人，但他們不是菁英補習班的學生，貿然前去找范暐似乎不太妥當。

邱于豪抿了抿薄唇，似乎在考量些什麼，這時，段歆回來了。

看兩人面色凝重的樣子，段歆小心翼翼地問，「有什麼我可以幫忙的嗎？」語畢，兩道灼人的目光同時落在她身上，段歆感覺這視線熾熱得幾乎要穿透她。

季苡萱一把握住她的手，「這個忙就只有妳能幫了！」

「嗯？」段歆瞪大雙眸，轉頭看向一旁的邱于豪，他也輕輕地點頭。

最後，邱于豪沒有把日記拿回去。

季苡萱回家的路上，腦海裡總縈繞著他所說的話——

「日記還是先寄放在妳那，我帶回家如果被家人看到，等同在他們面前再揭一次傷疤。」

其實季苡萱也曾想過，自己拉他一起尋找邱于耀的過往，會不會也是在邱于豪的傷口上灑鹽呢？

失去至親的痛楚，她比任何人都清楚，這麼做是否也會讓邱于豪不斷想起手足離世的傷痛……

「苡萱？」

呼喚聲拉回季苡萱的思緒，她抬起頭迎上段歆憂心的目光。

她都忘了，叔叔家和段歆家同方向。

「咳……怎麼了？」

段歆嘴角一勾，「我們期末考後一起回國中看呂老師好不好？她真的很想妳。」

聽她提起國中的班導師，季苡萱眉眼低垂，一張慈祥和藹的面容浮現在腦海。

自從畢業後她就不曾再回母校，儘管呂老師打過幾次電話給她，季苡萱都沒有回應。當時的她只想逃離所有人，任何的關心落入她眼底都成了同情，包括那些真心的關懷。

「好。」

段歆原本不期待她有回應，沒想到季苡萱居然答應了，她愣了愣，停下腳步睜圓了眼。

季苡萱見人沒有跟上，轉身側首看向段歆，疑惑地問，「怎麼了？」

段歆回過神，用力眨了眨眼，想確認眼前人是季苡萱本人。看到她挑起眉望著自己，她忽然覺得眼眶有些酸澀。

段歆走上前站在季苡萱的面前，在季苡萱的注視下，她抬起雙手，食指和拇指捏住季苡萱的雙頰。

「妳……唔，妳幹麼？很痛耶！」季苡萱摀住雙頰，吃痛的她立刻抬起手推開段歆，嗔怒地瞪向臉上帶著燦爛笑容的段歆。

痛死了！這女人還笑得一臉沒心沒肺！

「痛吧？那就不是做夢了！」段歆笑嘻嘻地開口，她的話跟季苡萱記憶中少女們嬉鬧的時光重疊，那時她們總是吵吵鬧鬧。

臉頰的痛逐漸褪去，季苡萱看著眼前的段歆，過了良久才開口：「對不起，這段時間讓妳擔心了。」

她的一番話，令段歆的笑容一僵，她癟起嘴，一個箭步上前抱住季苡萱。

季苡萱能感覺到肩膀傳來的溼潤，還有耳邊段歆帶著哭腔的嗓音。

「嗚、嗚嗚……妳爲什麼什麼都不跟我說？那、那時候我眞的很怕妳想不開……我每個週末都偷偷去妳家附近，可是一次都沒有看到妳，之後妳回學校就……」

段歆並不知道季苡萱家逢巨變後就搬去叔叔家的事，只好每個週末都去季家等她。直到高一那年，季苡萱過肩摔傷了糾察隊員，季叔叔被請到學校，段歆經過辦公室恰巧看見，才得知季苡萱早已搬家。

那時季苡萱早已拒絕與她來往，段歆每回在校園裡看見季苡萱，總想和她打招呼，卻在看見她冷漠疏離的眼神後退縮。

今天兩人之間的厚冰化去，段歆哭得整張臉都花了，眼淚鼻水全蹭在季苡萱的制服上，「我們不要再當陌生人了好不好？」

季苡萱抬起手輕拍段歆顫抖的肩膀，聲音也帶著些微的泣音，「好，不是陌生人。」

那天，季苡萱紅著眼睛回家，她漆黑的髮色讓叔叔和嬸嬸都詫異地瞪大雙眼。只有小亮朝她揮舞著雙手，露出燦爛天真的笑容。

「之前我有許多不成熟的地方，造成你們的困擾真的很抱歉。」季苡萱低頭向長輩表達真摯的歉意，她突然地道歉讓兩人愣住。

嬸嬸率先回過神，擺擺手，表示只要她之後能好好過日子就好。一語說完，小亮要喝奶，嬸嬸就去廚房忙碌了，剩下季苡萱和叔叔面面相覷。

「苡萱，發生什麼事了嗎？」季叔叔溫和地問道。

季苡萱聳了聳肩，「只是忽然覺得自己以前像個混蛋。」

季叔叔笑開，抬手揉揉她那頭墨黑的秀髮。

「不輕狂枉少年，誰的青春沒有荒唐過呢？最重要的是妳及時醒悟。」

季苡萱輕輕點頭。

季叔叔看著她乖順的模樣，輕嘆了口氣，「妳知道嗎？在哥哥走之後，大嫂……妳媽媽曾經跟我說過，我們沒辦法陪伴彼此永遠，相逢的開始即是倒數相離，所以在彼此能見面的日子，才要格外珍惜。」

季苡萱抬起頭，迎上叔叔泛著淚光的雙眸，她抬手握住叔叔的手，低聲道：「謝謝叔叔願意照顧我。」

現在的她無法回報他們，但這份恩情她會謹記在心許久。

季苡萱回到房間，拿出手機，螢幕上顯示兩封未讀訊息，一封來自段歆，告訴她已經平安到家，並且跟她約時間要回國中找呂老師敘舊。

季苡萱回覆段歆後，再打開另一封未讀訊息，是來自邱于豪的。

「我想和范暐談談，不過妳要跟我一起去。」

季苡萱看見訊息嘴角不自覺上揚。先把從叔叔那聽到的話輸入到手機裡，接著回覆邱于豪。

「好，一起去吧！」

放下手機拿出書包裡的日記本，季苡萱輕撫過邱于耀的名字，低喃：「這是最後一次了……」

第五章

時間轉眼來到學期的最後一個上課日，季苡萱和段歆約好在期末考後的週六去找呂老師。

在這之前，每一天中午段歆都會來季苡萱的班級找她，邀請她一起共享午餐。不只是她，連邱于豪也會出現在季苡萱的班級外，他從未開口詢問兩人，卻相當自然融入少女的午餐時刻。

校花和校草同框就已經讓同學們感到驚喜，更難得的是，他們找的人都是季苡萱。所以每當午休時間一到，季苡萱班級外的走廊總充滿圍觀的學生，臉上個個寫著好奇和八卦。

段歆端著她的午餐來找季苡萱，瞥了眼從季苡萱手裡拿過午餐盒的邱于豪，眼角一抽開口：「你不用去準備糾察隊的午休巡視嗎？」

季苡萱聽見段歆的疑問，也疑惑地看向邱于豪。

她記得糾察隊會進行午休巡視，由於有少數的學生會趁著午休翻牆出校，因此巡視隊員的午餐時間總會被壓縮得相當緊迫，趕在午休時間和教官或老師一起巡視圍牆周圍，抓違規的學生。

因爲自己曾是被逮過的學生之一，季苡萱對糾察隊的工作記得相當清楚。她印象中，糾察隊的午休巡視是輪班制。這週中午邱于豪天天都來他們班，難道身爲隊長的他不需要巡視嗎？

不可能吧！她每次被抓的時候，邱于豪都在場呢！

「午餐吃完就過去。」邱于豪簡短回應段歆。

他掂了掂手裡的午餐盒，感覺重量比前兩天重了些，轉頭問季苡萱，「妳今天的胃口不錯？」

季苡萱心跳一突，別開臉，「這是叔叔和嬸嬸替我準備的，說我還在長身體，要吃營養一點。」

自從和嬸嬸把話說開後，她偶爾會替季苡萱準備便當，讓她帶去學校，而且菜色一天比一天更豐富。

眼神打量了季苡萱纖瘦的身材，邱于豪點點頭，心想她太瘦了，確實該補充營養。

一旁被無視的段歆不滿地嘟起嘴，對季苡萱說：「我聽說糾察隊長都很忙，午休時間很寶貴的，我們還是別耽誤他了。」

季苡萱也覺得段歆的話有道理，進食太快會影響消化，如果邱于豪身體不舒服就糟糕了。況且，光是段歆在她身邊就夠引人側目了，連邱于豪也圍在她身邊，感覺周遭同學的好奇目光就像一支支光箭穿過她。

因爲家逢巨變，她成爲了全校關注的對象，被人打量的眼神，總是讓她的心中升起悶脹感。

季苡萱轉頭看向邱于豪，並伸手向他要回沉甸甸的午餐盒。即使感覺得到邱于豪眼中的溫度下降，季苡萱還是硬著頭皮說：「午餐我跟段歆就慢慢吃，你別吃太快，會消化不良喔！」

邱于豪抿了抿唇，低聲回應一聲後就轉身離開。

終於可以共進一頓增進女孩友誼的午餐，但邱于豪離開前的表情漠然，令段歆心有不安。

「苡萱，妳說邱于豪是不是氣我趕走他？」

兩人來到教學樓旁的陰涼處，坐下後，段歆忍不住問季苡萱。她想跟季苡萱單獨吃午餐，有邱于豪在，許多女孩子間的小祕密她不好意思開口。

「他不是這種人。」季苡萱搖搖頭，輕聲續道：「而且妳說得沒錯，他身爲糾察隊長應該很忙。」

段歆看她帶著愁緒的眼神，咬了咬下唇，掙扎了一會才開口。

「妳還記得有一次我在大街上遇到妳嗎？」見季苡萱點頭後，段歆繼續說：「妳跑走後，我也遇到邱于豪了，他似乎是在追妳，所以我問他是不是認識妳。」

聽段歆提起，季苡萱的思緒也被帶回那一天，她遠遠瞥見邱于豪，拔腿就跑。

「我從高一就認識邱于豪，他對身邊的人都很有禮貌，不過卻總是給人一種疏離感。」

看著季苡萱若有所思的表情，段歆伸手握住她微涼的手，柔聲道：「唯獨對妳，我從沒見過他的眼神中有這麼多情緒，甚至感覺得到，今天他是想跟妳——」

「段歆。」季苡萱忽然出聲阻止她繼續說，她抽回被段歆拉住的手。

「我跟他只是朋友。」

季苡萱一字一句地說，不僅是在告訴段歆，彷彿也在提醒自己。等查明邱于耀自殺的眞相後，他們便是毫無關係的同儕。

段歆的眼對上季苡萱堅定的眸，她在心中嘆了口氣，捧起便當盒開口：「肚子餓嗎？我們趕快吃飯吧！」

用完餐兩人各自回到教室。

嬸嬸準備的便當菜色相當豐富，季苡萱覺得肚皮都快撐破了，但想到那是嬸嬸的心意，還是把便當吃光光。

滿腦都是段歆剛剛說的話，而邱于豪離開前，眼神中的涼意也讓她感到在意。

季苡萱悄悄地拿出手機，偷瞄一眼講台上的風紀股長，發現她正低頭打瞌睡，便小心翼翼打開螢幕鎖屏，點開通訊軟體中某個對話視窗。

午休時間只有用餐時能用手機，午睡時是不能使用手機的，如果被糾察隊抓到，會被記違規。

輸入文字，發送出去，一連串的動作一氣呵成。她趴在桌上將手機收回口袋，手機突然傳來震動，嚇得她差點從座位上跳起來。幸好她握著手機，沒有讓震動發出聲響。

她趕緊點開螢幕，對方回覆的訊息，僅瞅一眼就讓她心尖緊緊揪起。

「一起吃午餐比糾察隊巡查還重要嗎？」

「因爲妳，比什麼都重要。」

✦

週六，季苡萱和段歆一起回到母校探望國中時的班導師。

慈眉善目的呂老師一看到季苡萱就抱著她哭，季苡萱抬手抹去眼角的溼潤，拍拍呂老師的背。

「聽說妳之後搬去叔叔家，他們對妳好嗎？」呂老師緩過情緒，向季苡萱問道。

季苡萱點點頭，笑著回答，「他們都對我很好。」

「那就好。」呂老師露出欣慰的笑，眼神看向段歆，「那晚，段歆說要帶妳來的時候，我開心得睡不著呢！」

聞言，段歆燦爛一笑。

三人聊了一會，呂老師從季苡萱那得知季亦楓的刑期延長，上前拍了拍她的肩膀。

「苡萱，妳沒有做錯任何事。」

呂老師看著季苡萱，眼眶再次泛淚，「不需要讓自己過得難受來減輕負罪感。只要妳覺得累了，願意回來看看老師，我隨時歡迎妳過來。」

季苡萱忍住哽咽頷首，一旁的段歆已經忍不住哭了出來，抽了幾張面紙，別過臉去擦拭臉頰上的淚。

此時，走廊傳來的鐘聲打斷傷感的三人。

儘管是週六，還是有學生來學校上輔導課。聽外面傳來學生的談話與嘻笑聲，現在應該是下課時間。

季苡萱抬頭看向在走廊穿梭的學生們，他們穿著記憶中熟悉的校服，曾經的她也這樣抱著書，在走廊上追著老師問問題。

循著她的目光，呂老師嘴角輕輕揚起，「妳才高二，現在努力還不遲，妳的聰明可是全校老師們認可的，一定能考上好大學的。」

季苡萱垂下眸，輕聲謝過呂老師。

在與呂老師道別並離開母校後，段歆問季苡萱接下來的安排。

「我想去一趟菁英補習班。」

季苡萱從背包裡拿出邱于耀的日記本，對段歆說：「之前想請妳幫的忙，現在還方便嗎？」

看見她眼中的堅定，段歆點了點頭，伸手拿出自己的手機，在撥打電話前不忘問季苡萱，「妳要通知邱于豪過來嗎？」

聞言，季苡萱抿了抿唇，她還沒想好要怎麼面對邱于豪。

昨天午休收到他的訊息後，她不知道該怎麼回覆，又覺得已讀不回有些不禮貌。於是……

「妳居然封鎖邱于豪？」段歆簡直不敢相信自己的耳朵。

季苡萱因爲她驚愕的反應而不知所措地低下頭。段歆張大嘴問，「你們不是還約好要一起去找范暐，那現在怎麼辦？」

季苡萱也很苦惱，拈起肩上的黑髮，拿出手機，手指在解除封鎖的選項上徘徊，遲遲沒有按下。

段歆觀察她的神情，輕嘆口氣，「你們究竟是怎麼一回事？」

季苡萱搖搖頭，把邱于豪傳給她的訊息拿給段歆看。

讀過那句比告白還眞摯的話語，段歆先是愣了愣，隨即朝季苡萱曖昧一笑，「原來妳比什麼都重要呀……」她戳了下季苡萱的肩膀，眼角上揚，一副「妳快從實招來」的表情。

注意到季苡萱的臉上沒有半分笑意，段歆的笑容稍斂，「妳不喜歡邱于豪嗎？」

季苡萱下意識地搖頭，僅僅一秒就停止動作，隨即開口：「我配不上他。」

段歆眼角一抽，心中升起一股怒火，「他如果敢嫌棄妳，我暴打他一頓！」

季苡萱見她捲起袖子，擺出凶狠的模樣，眼裡出現點點笑意。

「我現在不想談感情。」

季苡萱拿回手機，看著螢幕上的對話紀錄出神了半晌，垂著眸續道：「就像呂老師說的，我從現在開始努力，應該可以上一所不錯的大學。」

段歆輕輕點頭，想了想還是決定開口勸說：「我覺得妳該和邱于豪說清楚，畢竟他……」

瞥一眼季苡萱若有所思的表情，段歆續道：「看起來眞的滿在乎妳的。」

季苡萱頷首，低頭看著手機螢幕抿了抿唇。

原本季苡萱打算去菁英補習班，突然來的一通電話打亂了她的計畫。電話是小紅的髮廊打來的，她請季苡萱趕緊來髮廊一趟。

季苡萱在與段歆告別前，段歆叮囑她一定要和邱于豪把話說開，季苡萱點點頭，轉身就往髮廊的方向離去。

她抵達髮廊，發現門口的營業牌翻到「休息中」那一面。

走進髮廊，裡頭像是被颱風掃過般一片狼藉，員工們都忙著善後。

季苡萱一眼就看見小紅，她正拿著掃把清理滿地的碎玻璃。

「小紅姊！」

小紅一回頭，腫起的左臉和發紅的眼眶讓季苡萱大吃一驚，「髮廊怎麼變成這樣？」

低頭看小紅的手臂上有三指寬的傷口在冒著血，季苡萱趕緊搶過她手裡的掃把，「這裡我來清理，妳先去消毒傷口和上藥。」

小紅卻像是沒感覺到疼痛般，目光對上季苡萱認真的表情，低聲說：「髮廊是總和阿坤作對的混混們砸的。」

「阿坤哥？」

很久以前季苡萱就聽小紅說過，這條街上一直有混混來收保護費，沒有按時繳納他們就會來找麻煩。不過，這間髮廊有阿坤做靠山保護著，即使不繳保護費，也不用怕有人來鬧事。

如今髮廊被砸，就代表……

「阿坤哥出什麼事了嗎？」季苡萱看著小紅臉上的愁容問。

「他因爲地下簽賭被抓了。」小紅抬手揉揉發疼的太陽穴，「早就叫他收手了。昨天晚上警察查獲賭場，今天馬上就有人來砸髮廊。」

季苡萱皺起眉頭，心想這件事聽起來擺明是被人計畫好的。她知道地下簽賭是非法的，犯法的阿坤自然要遵循法律的制裁，但小紅和髮廊的員工們都是無辜的。

小紅見她忿忿不平的模樣，抬手握住季苡萱的手。

「我家人幾年前就搬去C市了，只有我留在這，一開始是因爲捨不得髮廊的姊妹們，後來發現，我捨不得的其實是阿坤……

「我一直希望他有朝一日能夠離開崎嶇的歪路走上正途，看來是我錯了。」小紅悠悠嘆道：「之後我也會搬去C市。」

在季苡萱愣愣的目光下，小紅努力揚起笑容，「苡萱，在走之前我想跟妳說說邱于耀的事情。」

「邱于耀？」季苡萱瞪大眼。

小紅點點頭，帶著她到沒有碎玻璃的乾淨處，輕聲嘆，「其實我跟邱于耀不僅僅是同屆同學，我們認識。」

出於好奇，季苡萱開口問，「他是怎樣的一個人？」

小紅看向窗外的白雲，悠悠地說：「他呀！大概希望活得像朵自在的雲……實際上卻是隻池裡的魚。」

小紅娓娓道來當年與邱于耀相識的時光。

✦

某天下午，小紅因為憂心生病卻獨自在家的爺爺，在翻牆出校時被擔任糾察隊長的邱于耀逮個正著。

「同學，請寫下妳的班級、學號和名字。」邱于耀手裡拿著登記簿說道。

小紅急紅了雙眼，趕緊解釋，「我爺爺生病了，他只有一個人在家，所以我才……」

邱于耀身旁跟著另一名糾察隊員。學生違規後總會找各種理由，這種情況他們看多了，況且這位同學跟學校最出名的不良學生阿坤相當要好，因此糾察隊員壓根不相信她的話。

「那妳請假回家探望就好，何必要急著翻牆呢？」糾察隊員上前，打算拽回小紅，有個身影比他動作更快。

邱于耀擋下隊員的手，轉頭對小紅說：「先去吧！」

小紅睜大眼看著他，確定了邱于耀眼中的肯定後，她決然翻出圍牆，在牆後朝裡面的人喊：「謝謝你！」

糾察隊員看傻眼，錯愕地問邱于耀，「隊長，你怎能讓違規的人溜走？」

邱于耀臉上不見一絲窘迫，語氣相當溫和，「假如她說的是真的呢？有些人如果錯過，便可能後悔一輩子。」

糾察隊員癟起嘴，他總覺得隊長太容易心軟了！

邱于耀不僅成績優異，還富有正義感和同理心，深受師長們喜愛。

「我去跟教官報備一聲，明天記得要叮囑她填寫請假單，不然依照曠課懲處。」寬容與戒律，邱于耀一直都拿捏得宜，這也是他當糾察隊長的責任與態度。

教官得知他放小紅翻牆出校後相當生氣，還難得地把邱于耀留在訓導處罰站半小時。

訓導處的電話響起，這時的邱于耀正面對牆壁默背下午要考的文言文。

小紅的爺爺因病過世了，她翻牆出校跑回家，及時見到長輩的最後一面。

當時方主任是邱于耀的班導，他來到訓導處，對還在罰站的邱于耀說：「于耀，你先回教室上課吧！」

邱于耀點了點頭。走出訓導處時，在走廊上與一道急速狂奔的身影擦肩而過。

正想回頭提醒那位同學別在走廊奔跑，一看，那背影是阿坤。

見他臉上神情緊張，還奔向教學樓後的圍牆，邱于耀最終沒有將提醒說出口，而是轉身走回自己的班級。

喪假結束後小紅回到學校，她到邱于耀的班級點名要找他，此舉引來不少同學的側目。

由於正逢期中考，邱于耀正在座位上看書。

「班長，外面有人找你。」

平常找上邱于耀的人不少，多半都是來問功課的同學，而小紅在學校裡被歸類在混混那群，跟用功念書的好學生扯不上關係。

邱于耀闔上講義向外走，有禮地對小紅微微一笑，「請問有什麼事嗎？」

小紅覺得眼前的少年笑起來相當好看，白皙卻不蒼白的膚色與一口整齊的牙，搭配眼底的溫和，給人被一陣清風拂過的錯覺。

她開口的同時向邱于耀鞠躬，「之前謝謝你，因爲你的幫忙，我才能見到爺爺的最後一面。」

邱于耀輕輕擺手，「不必謝我。」

「我是有恩必報的人，以後你要我做什麼，那怕是下油鍋，我都赴湯蹈火！」

面對小紅的眞性情，邱于耀抿嘴掩下笑意。

見周遭同學的目光都落在他倆身上，他低聲對小紅說：「妳眞的不必放心上，我還要準備下午的考試，先進去念書了。」

小紅低頭輕應了一聲，垂落的髮絲間透出她小巧的耳朵。

在邱于耀轉身之際，他像是發現什麼般又轉頭對小紅說：「戴耳環入校，記違規一支。」

小紅一聽，抬手摀住自己的耳朵，她進校時忘了拿下耳環了！

看著頭也不回就進到教室的邱于耀，小紅的嘴角微微揚起一抹連自己都沒察覺的笑意。

這一幕全落入趕來找小紅的阿坤眼底。

幾週後，午休時小紅聽同學說阿坤在廢棄回收場，心急如焚地前去。平時她不太想到這裡，因爲混混們總是在這裡抽菸，小紅很不喜歡菸味。但是聽到邱于耀被帶到廢棄回收場，即使小紅不喜歡這裡也立刻趕來。

到了廢棄回收場，一入眼的是倒臥在地，身上被不明液體淋溼的邱于耀。各種垃圾散落在他周遭，身軀散發著惡臭，原本潔白乾淨的制服髒亂不堪，小紅忍不住摀住嘴，有些反胃噁心。

「你們在做什麼？」

她忍耐著作嘔的衝動，上前擋在準備朝邱于耀下腹踢去的阿坤，厲聲喝：「阿坤，連糾察隊長都打，你是瘋了嗎？」

小紅的出現使阿坤動作一頓，但驚訝的表情隨即被憤怒取代，「管他是糾察隊長還是風紀股長，敢動我的女人，看老子不好好給他個教訓——」

啪——

小紅伸手給阿坤一個巴掌，她氣得瞪大晶瑩的雙眼，對阿坤一字一句地說：「我才不是你的女人。他對我有恩，因爲他，我才可以見到我爺爺的最後一面，以後如果你再找他麻煩，我、我就……」

看見阿坤受傷的神情，小紅抿了抿唇，冷聲續道：「以後我都不會理你了！」

說完她低下頭不再看阿坤，轉身扶起狼狽的邱于耀。

阿坤身邊的跟班見小紅要把邱于耀帶走，上前想要攔阻。

小紅狠瞪他們，想著該如何突破圍繞，身側的邱于耀忽然開口：「妳先走吧！我沒事。」

他的左頰腫起，肩上掛著發臭的圾垃，哪裡像沒事的人？

小紅咬緊牙關，低聲道：「不可以，我不是忘恩負義的人，今天一定要帶你走！」

隱約聽到邱于耀輕輕的嘆息，小紅感覺到一陣動靜，他吃力地撐起身軀，邁步朝前方那群人走去。

「你……」

眼看一名跟班握起拳頭又要朝邱于耀揮去，小紅大驚，此時身後傳來阿坤的嗓音，「讓他們走。」

跟班及時煞住拳，疑惑地看向阿坤，「坤哥？」

「聽不懂中文嗎？」阿坤不耐煩地踢開腳邊的垃圾，語氣凶狠，「我說，讓、他、們、走！」

在阿坤氣勢洶洶地注視下，跟班們退後讓出一條路，讓邱于耀和小紅得以通過。

小紅臨走前回頭看了阿坤一眼，「謝謝」二字到嘴邊卻被她硬生生吞回腹中，攙著邱于耀離開廢棄回收場。

距離教學樓還有一段路，經過洗手間，邱于耀示意小紅停下，「已經打上課鐘了，妳先回教室上課吧！」

他打開水龍頭，用乾淨的水潑向自己的臉，洗去面上的髒汙，臉上有些瘀傷，卻不減他的俊逸。

「那你呢？難道就這樣回教室嗎？」

臉上和四肢的髒汙還可以用水清理，但要清洗弄髒的制服就相當麻煩了。

「我有準備一套乾淨的體育服放在自習室。」邱于耀見小紅沒有離開的意思，嘆了口氣，「回去吧！不然就記妳缺——」

「你想記我缺曠就記啊！」小紅上前一把抓住他的手臂，卻看見邱于耀吃痛的神情。

她翻開他的袖子，一片青紫令人怵目驚心，「這、這是……阿坤他們打的？」有些瘀痕已經泛黃，看起來有些時日，小紅原以為阿坤今天是第一次找邱于耀麻煩，從傷口看來，霸凌已經持續一段時間。

邱于耀立刻抽回被小紅握住的手，拉下袖子擋住瘀青。

「告訴教官吧！」小紅冷下臉說道。

「妳忘記阿坤的爸爸是誰了嗎？」邱于耀抬手揉揉發疼的臉頰，「如果告訴教官有用，還由得他這麼囂張的在學校裡作威作福？」

一番話令小紅沉默。

阿坤家世優渥，爸爸給學校許多的贊助與投資。過去他在學校欺負學生的行為都被校方壓下，就算對象換成邱于耀也是一樣。

「但我不能眼睜睜看你被欺負。」小紅鼓起雙頰，像是下定決心般對邱于耀說：

「放心，只要有我在，阿坤不敢對你怎麼樣的！」

看著眼前的少女，邱于耀嘆了口氣。

他哪能放心呢？阿坤的跟班這麼多，況且小紅如果整天都跟著他，阿坤對他的不滿只會累積得更多。

此時口袋傳來震動聲響，小紅下意識地摀住自己的口袋。學校禁止學生在上課時間使用手機，她怕邱于耀又要記她違規。

她伸手摸了摸口袋，發現手機的震動聲不是從自己的口袋裡傳出來的。

眼前的邱于耀神色自若地拿出手機，原本嚴肅的神情在看到手機螢幕的訊息後，瞬間變得柔和許多，嘴角還揚起淡淡的笑容。

看見他的表情變化，小紅心中升起好奇，開口詢問，「瞧你眉開眼笑的，是誰傳來的訊息？女朋友嗎？」

聞言，邱于耀收起手機，斂起嘴角的笑意，恢復平常謙和卻疏離的表情。

邱于耀在學校裡女人緣不錯，但好像沒聽說他跟誰在一起。剛剛看見他嘴角的笑意，小紅竟感到心中有些吃味。是誰可以讓他露出這樣的笑容呢？

「邱于耀。」她出聲喚。

對上他澄淨的眸，小紅深吸一口氣，「你有喜歡的人嗎？」

他別開臉不想搭理，似乎要前往自習室拿衣服。見狀，小紅趕緊收起眼底的失落，接著說：「喂，我問著玩的。如果你不想再被阿坤欺負，我可以幫你！」

邱于耀垂眸看著她堅定的目光，張了張嘴似乎想說什麼，半晌卻都沒有出聲，最後他輕扯了下嘴角並搖搖頭。

「謝謝妳，不過我沒事的。」說完他便邁步走向自習室。

看著他清瘦的身影，小紅抿了抿唇，在心中下了個決定。

每節下課，小紅都會到邱于耀的教室門口守著。見他手臂戴著糾察隊的臂章走出教室去巡邏，她也會跟著一起去，就只差沒跟進去洗手間了。

小紅這麼做雖然惹來不少同學的側目，但幾天下來，阿坤等人確實沒再來找邱于耀麻煩。

邱于耀勸她無數次，要她別再跟著自己，無奈小紅個性倔強，堅決要跟緊他。

放學後，小紅跟著邱于耀來到菁英補習班。她不是補習班的學生沒辦法進去，只好在外頭候著。

「妳不必在這裡等。」邱于耀進去上課之前，再次勸小紅離開。

「你上課的時間不是要到了嗎？快進去吧！我就在外面追劇……咳，背單字。」

小紅從書包裡拿出單字卡，朝邱于耀擺擺手。

邱于耀低頭看了眼腕上的錶，再不進去就要遲到了，他只好留下小紅，轉身快步進去。

他的身影消失在補習班的大廳後，小紅把單字卡扔回書包，拿出手機和耳機，選了一部劇準備看到邱于耀下課。

「同學、同學……同學？」

忽然有人拍了拍她的肩膀，被打斷的小紅抬起頭，對上一名女子清秀的臉龐。

「有什麼事嗎？」

對方手裡拿著一疊補習班的傳單。這一區的補習班開得多，競爭相當激烈，因此路上有許多拉學生試聽的補習班員工。

「有興趣來我們補習班試聽嗎？」對方遞出傳單。

小紅擺擺手，「沒興趣，我只是來等朋友下課的。」

對方沒有因爲小紅的拒絕而打退堂鼓，反而不屈不撓地說服，還將傳單塞進她手裡，「來聽聽看呀！我們的講師人都很好，有不懂的問題，他們都會很細心、耐心地替妳解答！」

小紅很想告訴她，她做筆記的次數用五根手指都數得出來，而且家境不好的她根本上不起任何一家補習班。

對方不放棄地說著，小紅低頭瞥了眼傳單，發現這家補習班正是邱于耀進去的那一家！

「那我就去聽一堂看看？」想著能正大光明走進去，小紅拿起傳單說道。

推銷試聽的女子立刻頷首，領著小紅走進菁英補習班。

小紅掃過公布欄上的名字，一眼就看見「邱于耀」三個字，寫著他是校排第一。

發現小紅沒有跟上，女子循著她的目光看向公布欄，笑著說：「于耀很厲害，每次都拿第一名，看妳的制服應該跟他同校，妳認識他嗎？」

小紅愣了愣，隨即頷首，「校排第一誰不認識？」她後面的話越說越小聲，「只是他大概不想認識我……」

「同學妳剛剛說什麼？」推銷試聽的女子側耳問道。

小紅擺手，「沒什麼，我想聽聽看他上的課，可以嗎？」

「于耀他現在是在上……」她的要求讓女子一愣，隨即陷入思考。

看著小紅期盼的目光，女子深吸一口氣，爲了業績，她不想錯過任何讓人加入補習班的機會。

「我去替妳安排一下，妳在這裡稍等。」

小紅被安排進邱于耀上課的班級，當邱于耀看到小紅時，他眼中的驚訝令她忍不住得意地朝他揚起下巴。

她是來試聽的，沒有課本和講義，所以助教安排小紅和一名同學一起共用講義。

「我可以跟邱于耀坐一起嗎？」就怕邱于耀直接拒絕，小紅趕緊續道：「我比較怕生，所以想跟同校的同學坐一起。」

餘光瞥見邱于耀眉角一抽，顯然是不相信她的話。

「既然這樣，新同學就跟于耀一起看講義吧！」

講台上的老師有一張溫和俊逸的面容，看起來相當年輕，聲線低沉悅耳，聽他的課不會讓人昏昏欲睡。

小紅拿著書包坐到邱于耀身旁的空位，朝他露齒一笑，但邱于耀只是無聲地別開臉，神情淡漠疏離。

他的講義被螢光筆和筆記塗寫得密密麻麻，小紅僅僅瞄一眼就覺得眼花撩亂。

台上的老師已經準備開始講課。邱于耀見她桌面空蕩蕩，忍不住低聲道：「起碼也拿枝筆出來。」

小紅這才想到要拿筆，慌忙地打開書包翻找，不小心拉到連接手機的耳機線，手機立刻播放出網劇的聲音，小紅手忙腳亂地拿出手機關掉網劇。

感覺到教室裡所有人的視線，小紅尷尬地看向邱于耀，對方並沒有看她，而是看著講台上的講師。

「新同學準備好的話，我們就開始講今天的課程囉！」

講師臉上不見一絲惱意，反而還帶著笑意，對小紅說：「如果覺得老師說的太快，可以舉手告訴我，不好意思告知也可以跟于耀說。」

小紅立刻點點頭，拿出筆開始聽課，不過她的專注力只持續了幾分鐘，餘光便被一旁的邱于耀吸引。

不過一眼，就讓她好不容易進到補習班的好心情跌到谷底。

下課後，小紅走出補習班，此時身後傳來推銷女子的呼喊：「同學，妳試聽的感受還可以嗎？」

小紅根本沒聽進多少課程，滿腦子都是邱于耀那雙帶著眷戀的目光。

那種眼神……她在阿坤眼裡從小看到大。

正想回答女子感受一點都不好，這時，她看見剛剛那堂課的講師和邱于耀一前一後走出教室。

兩人似乎在交談，小紅看見那講師抬起手，似乎想觸碰邱于耀臉上的瘀青，卻被他避開。

「于耀，如果在學校發生什麼事，記得要跟老師和教官說。」

邱于耀輕輕搖頭，臉頰出現淡淡的紅，「只是走樓梯沒看清摔了一跤，謝謝您的關心。」

范暐看出他目光中的閃避，輕嘆了口氣，拿出夾在講義裡的摺紙魚，「下次上課時間不要再讓我發現囉！這次就還給你。」

這是上週范暐從邱于耀那沒收的摺紙魚，過了一週才還給他。

儘管范暐的語氣帶著責備，小紅仍看見邱于耀嘴角揚起笑意。

「我下次會注意的。」邱于耀收起摺紙魚，問范暐，「考前衝刺班是改由老師帶班嗎？」

范暐頷首，「原本要帶衝刺班的王老師，因爲老婆的預產期要到了，所以改由我帶你們。」雙手拍拍邱于耀的雙肩續道：「那是你們努力了這麼一段時間的最後一里路，要撐下去啊！」

小紅遠遠地看著那兩道身影，腦海浮現邱于耀在學校拿出手機時露出的笑容。那是幸福與喜悅的笑，也是對心悅之人才會露出的表情。

想來那時就是這位講師傳訊息給他吧？

小紅轉頭對推銷試聽的女子說：「謝謝你們願意讓我來試聽，不過很抱歉，我覺得自己不習慣聽補習班的課程。」

「是那裡聽不習慣，可以告訴我嗎？我再轉達給講師，因爲課堂學生很多，老師沒辦法照顧到每一位學生，如果能夠把妳的感受回饋給他……」

「是我自己不習慣。」小紅露出一抹苦笑，「而且我家裡的收入供不起我念補習班。」

女子愣了愣，小紅低頭說了聲抱歉，背起書包走出補習班。

她走向大街，身後傳來一聲呼喚，回過頭看，邱于耀正朝她小跑而來，手裡還拿著幾張講義。

「這是范老師說要給妳的。」邱于耀將講義遞給她，「他不知道今天的課程妳能吸收多少，他說如果有問題，妳都可以來問我。」

小紅遲遲沒有伸手接過，而是看著邱于耀的雙眸，眞摯地說道：「你喜歡的人是他嗎？」

對上邱于耀眼底的震驚與無措，小紅抿了抿唇，心想自己的第六感眞準。

「那他知道嗎？」

半晌後，邱于耀搖頭。

「你會告訴他嗎？」

面對她接連的提問，邱于耀眉頭輕皺開口：「妳——」

像是在賭氣般，小紅伸手扯過邱于耀手裡的講義，撕成碎片，再一把扔向天空。

講義飛散四周後翩然落地，小紅看見邱于耀眼中燃起憤怒的火焰。

遇到屢次違規的學生，邱于耀沒有生氣，被阿坤他們欺負，他也沒有顯現怒色，現在他卻因爲她撕了范暐給的講義，眸中怒火躍動。

「我希望你永遠都說不出口。」說完這句話，小紅沒再看邱于耀的表情，背著書包轉身奔向大街。

她一路奔跑，到家時看見一道熟悉的身影出現在她家門前。

「阿坤？」小紅眨了眨眼，眼前一片水霧，她抬手抹了抹臉頰，感覺到一股溼意。

見狀，阿坤伸出手，動作有些粗魯地替她拭去頰上的淚珠，「怎麼了？是哪個傢伙讓妳哭？老子這就去——」

見阿坤捲起袖子一副要去打架的模樣，小紅趕緊抱住他的腰攔住他，「沒有人惹哭我，是我，都是我不好！」

都是她自作多情，剛萌芽的初戀就像被戳破的泡泡，消失在她青春裡。

「小紅，妳沒有不好！」

小紅哭啼地抬起頭，「可是他不喜歡我啊……」

「哪有男人會不喜歡妳？在我阿坤眼裡，妳就是最好的女生！」阿坤大怒。

「不是……是性別……」

她的低喃讓阿坤挑起眉，「哎？」

小紅摀著臉哭喊：「我爲什麼不是男的啊？」

這天晚上，小紅哭到進家門，轉爲啜泣直到天明。

那天之後，小紅幾乎沒有再和邱于耀單獨說過話，就算在學校碰見，也當他是透明人。而阿坤對邱于耀的霸凌行爲，依舊私底下進行著。

阿坤從那天小紅哭訴的話語裡，猜到邱于耀是同性戀，於是他讓人把邱于耀帶去偏僻的舊教學樓廁所，作勢要扒了邱于耀的褲子。

「之前警告過你不要覬覦我阿坤的女人。」阿坤捏著他的下巴，露齒一笑，「沒想到你喜歡的是男人，怎麼？讓哥哥們先幫你探探後面？」

邱于耀面色陰沉，他奮力抵抗，發現掙不開身旁幾人的箝制，他冷聲警告，「羅坤，你今天敢這樣對我，我邱于耀發誓，就算是死也絕對不饒過你。」

阿坤撇撇嘴，上前朝邱于耀狠狠揍了一拳，「讓小紅流淚的時候，怎麼就沒想過我也不會饒過你？」阿坤揚起下顎，示意跟班們動手。

「坤哥，他畢竟是糾察隊長，而且還是老師眼中的紅人……」一名跟班出聲勸道。

「囉嗦！」

阿坤上前，一把解開邱于耀的皮帶，動作粗魯地拉下他的制服褲。

邱于耀感覺下身一涼，憤怒的雙眼透著紅，「羅坤，你敢？」

平時他們對他動粗，他不吭聲，現在他們連最後的尊嚴都不留給他，邱于耀的胸腔彷彿燃起烈火。

「糾察隊隊長？」阿坤一手拿起手機，另一手拿起廁所的掃把，臉上帶著冷酷殘忍的笑，「就算來的是警察，我也不怕。」

下課時間小紅到舊教學樓找阿坤等人，發現他們早已離開。

她想著這裡偏僻，想抽根菸再回教室，隱約聽見不遠處傳來低低的啜泣聲。

舊教學樓因為建築老舊遲遲未拆除，鬧鬼的傳聞一直沒停過，陣陣啜泣聲令她登時背脊發涼。

她抬頭看了眼藍天白雲，大白天的，鬼也會出沒嗎？

過了一會，啜泣聲所在的方位傳來聲響，她皺起眉，心想如果碰上糾察隊就不好了。

正想捻熄菸離開，一道熟悉的身影從舊教學樓走出，看著他狼狽且步伐蹣跚的模樣，小紅沒忍住出聲喚道：「邱于耀……」

邱于耀雙肩顫了一下，一轉身，制服上的髒汙，讓小紅立刻明白阿坤又找他麻煩了。

儘管自己的心意還沒開花就枯死了，她仍是放不下他，想關心他的傷勢。

「別過來！」邱于耀聽見朝自己而來的腳步聲，立刻開口厲聲喝。

小紅停下腳步沒再往前，定睛看他克制不住顫抖的肩膀，掃了眼他的下身……

褲子後方像是被浸溼，沿著褲管滴落在地上的，是點點的血跡。

小紅瞠大眼，想上前卻因為他剛剛的低喝不敢行動，雙腳就像被釘子釘在地板，一步也挪不開。

「邱于耀，他們對這樣對你，我很抱歉——」小紅的淚水就要奪眶而出，愧疚感充滿她的心尖，但話還沒說完就被邱于耀打斷。

「抱歉什麼？」

邱于耀轉過身，髒汙的頰上還帶著淚痕，他深吸一口氣，試圖平復自己的心。

「對不起不能夠阻止一個人的喜歡，就像妳對我的心意，我只能跟妳說抱歉，我喜歡的是男生，而喜歡妳的人……」提起阿坤，邱于耀的身軀下意識顫抖。

「他用他的方式喜歡妳，只是這種喜歡卻是強加傷害在我身上。」

看著前方早已泣不成聲的小紅，邱于耀的嘴角反而揚起苦澀的笑。

「謝謝妳喜歡我。」

說完，他轉身狼狽地離開舊教學樓，留下啜泣不止的小紅。

她一直都以爲喜歡是甜蜜幸福的，卻沒曾想過她的喜歡會成爲對方的負擔，甚至是傷害……

「那是我最後一次看見邱于耀。」小紅看著面前眼眶發紅的季苡萱，輕聲續道：「下一次再有他的消息，就是畢業前得知他自殺。」

「妳覺得邱學長是因爲霸凌，才會……」

小紅搖搖頭，「邱于耀自殺那天，我就去找過阿坤。」

邱于耀在學校被霸凌的事被校方壓下，校方給出的說法是邱于耀的課業壓力太大，於是針對在校學生進行心理輔導。

小紅悲憤地衝到阿坤的班級，卻聽說他今天請假在家，於是她不顧糾察隊的吹哨攔阻，動作俐落地翻牆出校，衝到阿坤家，一入眼的是他大受打擊般呆坐在客廳地板的模樣。

「我沒有殺人、我沒有……是他說要去死的，是他自己……」

聽清他的喃喃自語，小紅氣極，上前摑了阿坤一巴掌。

「這就是你對我的喜歡嗎？」小紅朝他大吼：「把邱于耀整死？」

聽到邱于耀的名字，阿坤連滾帶爬地躲到桌子下，向來囂張的神色如今只剩驚慌與恐懼。

「沒有，這一個月以來我都沒有再動他！」阿坤臉色發白，「我沒有殺他，也沒有逼他自殺！」

小紅瞇起眼，「那爲什麼你說邱于耀說他要去死？」

阿坤不說話，只是不斷搖頭。

「羅坤！」小紅彎下身與桌子下的他平視，「你和邱于耀之間究竟發生了什麼？」

阿坤雙唇發顫，良久才吐出一句，「是他喜歡的人……」

小紅腦海浮現在菁英補習班看過的范暐。

「我不知道他喜歡的人跟他說了什麼，大概是……拒絕他了吧？」阿坤咬緊牙關，才不讓上下牙發抖。

「他跳樓前一天來找我，給了我一隻摺紙魚，他跟我說，要我永遠記得曾經對他做過的事，希望他是最後一個。」

小紅伸出手，朝阿坤索要，「那隻摺紙魚呢？」

「我扔……」見小紅起身要翻家中的垃圾桶，阿坤急忙說：「我丟在學校垃圾場，應該早就被清掉了。」

聞言，小紅冷下臉，走回桌旁對阿坤一字一句說：「羅坤，邱于耀把摺紙魚給你的意思，你知道嗎？」

看著阿坤呆愣的神情，小紅嘆了口氣，「他不恨你，但他希望你記得，所有悲劇都在他這裡成爲終點。」說完小紅轉身離開阿坤家。

畢業典禮那天，小紅來到邱于耀的教室，他的課桌椅上放著一些同學贈的花。

她從口袋裡拿出一隻摺得歪扭的紙魚，放在邱于耀的桌上。

「畢業快樂。」

她低聲說道，轉向窗外的藍天，視線也變得模糊，「你現在應該是一隻自由的魚了吧？」

✦

季苡萱離開髮廊，腦中迴盪著小紅所說的過往，那些邱于耀曾經歷過，令人心疼且心碎的沉重過去……

她不知不覺地走到菁英補習班的門口，一抬眼就和不遠處一雙熟悉的眉眼對視。

季苡萱下意識地想轉身逃走，但雙腳像是沾了膠般黏在原地，只能眼睜睜地看著對方朝她邁步。

「爲什麼封鎖我？」

站定在季苡萱面前，邱于豪拿出手機，畫面是他們的對話紀錄，邱于豪的螢幕上顯示著該用戶已經封鎖他。

他緊盯季苡萱的雙眼似乎隱隱閃爍著火光，讓她後悔剛剛沒有直接掉頭跑掉。雖然段歆勸她和邱于豪說清楚，但她還沒想好怎麼面對他，更何況……她也不是不喜歡邱于豪。

鼓起勇氣迎上他的注視，她深吸一口氣，「我……不小心手滑按錯了。」這話一出季苡萱都想自打嘴巴，就連她都不相信自己了，邱于豪怎麼會相信，他的表情壓根就是不信這個說法。

她趕緊補充解釋，「等等就把你解開！」

「現在就解。」邱于豪說道。

見季苡萱張嘴呆愣的模樣，邱于豪的眼底浮上一絲笑意，但他還是板起臉對她說：「妳是因爲我說的那句話，不知道怎麼面對我，才決定封鎖？」

「因爲妳，比什麼都重要。」

腦中浮現他的訊息，本人就在面前，季苡萱彷彿有種他用低沉悅耳的嗓音在她耳邊再說一次的錯覺。

「才不是，就說了，我手滑不小心按錯！」被說中心事的她耳根發燙，立刻拿出手機，解除對邱于豪的封鎖。

邱于豪頷首，話鋒一轉，「妳怎麼在這時間跑來補習班？」

今天從小紅那聽到關於邱于耀的過往，季苡萱看著眼前的少年，想起之前曾聽邱于豪說過他們兄弟倆長得很像。

若那時的邱于耀穿起制服也是這樣英俊挺拔，難怪小紅會對他動心。

見她盯著自己走神，邱于豪抬手摀住她的額頭，順便擋住她灼熱的視線。

「你、你做什麼？」季苡萱連忙撥開他的手。

「沒有發燒。」邱于豪看她發紅的臉頰，沉聲說：「如果是因爲我說的話讓妳覺得彆扭，就當我沒說過吧！」

他的話讓季苡萱一愣，也讓她對隨著他的兩、三句話而情緒起伏的自己感到生氣。

「如果說過的話可以當作沒聽過，那幹麼還要說？」季苡萱蹙起眉，鼓起雙頰低喃：「今天喜歡，難道明天就會變不喜歡嗎？」

雖然她說得小聲，但邱于豪還是聽見她的嘟囔。

「不會，明天會比今天更喜歡。」

「明天的事誰說得準？」季苡萱快忍不住胸口的悸動，倏地別開臉。

邱于豪伸出手輕揉她亂亂的額前細髮，直到她將目光重新放回他身上，才開口續道：「因爲今天的我，就比昨天的我更喜歡妳。」

他的話讓季苡萱瞠大晶瑩的雙眸，雖然早就猜到邱于豪喜歡自己，但聽到他親口說，還是讓她的心跳漏了一拍。

此刻，季苡萱覺得周遭吵雜的聲音似乎都在瞬間消失了，眼裡只有面前的白衣少年。

兩人間的沉默在邱于豪的手機震動下終止。

震動聲響久久沒停，邱于豪又沒有接起，季苡萱便示意他先接電話。

邱于豪拿起手機的同時，對著季苡萱用唇語無聲地說：「等我。」

看他走到一旁接起電話，季苡萱才搗著發燙的雙頰，用力的深呼吸。

她搗著胸口，滿腦子都是邱于豪剛說的話，每回想一次，心裡彷彿有一頭小鹿狠狠撞死。

就在她猶豫要乖乖待在原地還是直接逃跑時，邱于豪的嗓音就從身後傳來，「妳想去哪？」

季苡萱收回邁出去的腳，朝邱于豪眨了眨眼，神情無辜地說：「口渴，想去超商買瓶水。」

「我有個地方必須現在去。」

他面色嚴肅，看起來似乎是很重要的事。雖然季苡萱還因爲他剛剛的話內心激動無法平復，但眼前還是處理正事重要。

「那你先去吧！」對上他擔憂的眼神，季苡萱擺擺手，「我來這只是想看看能不能碰上范暐，之後再找時間來找他就好。」

邱于豪忽然沉聲，「不要單獨來找他。」

「嗯？」

「孤男寡女不安全。」

季苡萱眼角一抽，這傢伙是拐著彎表示自己吃醋嗎？

「你快去吧！我買完水也要回家了。」季苡萱揮手趕他。

邱于豪頷首，臨走前像是想起什麼般對她說：「這次不會再手滑封鎖了吧？」

季苡萱清楚看見他眼底的笑意，紅著臉急忙回應，「不會！」

看著邱于豪的身影消失在人群中，季苡萱才轉身去超商買水，在櫃台排隊結帳時，手機傳來訊息的提示音。

她拿出手機，發現是邱于豪的訊息。

「喜歡不一定要求回報，至少喜歡妳這件事我不會後悔，不管昨天、今天，還是明天。」

「同學、同學，妳要不要結帳？」

季苡萱拿著水，盯著前方發呆許久，直到超商店員呼喚，才拉回思緒。

結帳完她腳步輕飄地走出超商，正想著要把今晚的事告訴段歆，一道身影忽然出現在她眼前，擋去她的去路。

「妳是季苡萱吧？」

聞聲抬頭看向眼前的陌生男子，只見對方手裡拿著一台手機，螢幕上是一名少女被綁起、摀住嘴的照片。

那張精緻的熟悉臉蛋，季苡萱立刻就認出對方——范攸，姜滸軒在追求的女孩，也是范暐的妹妹。

看見照片上她哭紅眼的模樣，季苡萱的表情冷下，「就不怕姜滸軒知道後弄死你們？」

男子冷笑，「姜哥自己都自身難保。」

「找我有事？」季苡萱猜測姜滸軒肯定被支開了，但不明白他們爲什麼拿范攸來要脅她。

「我們老大說了，楓哥的妹妹就是自己人，現在阿坤剛進去關，這裡勢力太分散了，不過大多都是之前楓哥的手下，所以想請妳賞個臉，去喝杯茶。」

季苡萱眼眸一垂，如果哥哥沒有入獄，就算阿坤被抓了，也不至於讓這些雜魚如此囂張，連無辜的范攸都被牽連。

季苡萱知道自己今天如果不去救范攸，肯定沒人能夠救她了……

再次抬眸，季苡萱冷凝的目光投射向對方，她舌尖抵著牙，壓下內心的恐懼，「帶路。」

來到市郊的一間鐵皮屋，季苡萱感覺到男子的視線一直緊緊追隨自己，似乎怕她會拿手機報警或求救。

曾經差點被繼父侵害，季苡萱被陌生男人看得渾身不自在，忍不住沉聲喝：「別盯著我看，噁心死了！」

說完她作勢把手機砸向對方，表情嫌惡地賞他一記大白眼。

男子大怒，抬手就要呼她巴掌，「臭娘兒們——」

「在外面嚷嚷什麼？快進來！」

一道嗓音自鐵皮屋內傳來，打斷男子的動作，他啐了季苡萱一口痰。

季苡萱眼明手快地往旁邊躲開，才沒讓髒東西近身。

她挺直腰桿走進鐵皮屋，以季亦楓之前在道上的地位，她想這裡的人不會對她怎麼樣，但范攸就不是了……

一走進鐵皮屋，季苡萱就看見被綁得像粽子的范攸，白皙的小臉如今一點血色都沒有，奄奄一息的模樣讓人看了心疼。

雖然她看起來虛弱，不過幸好她的衣服仍好好穿在身上，不然以姜滸軒的暴躁脾氣……季苡萱不敢往下想。

范攸聽見聲響，抬頭瞥見幾道進屋的人影，以爲是姜滸軒，看清是季苡萱時，眸中的希望之光瞬間黯淡了些。

她和季苡萱根本不認識，范攸不覺得她會來救自己。

季苡萱寒眸掃過屋內的人，不意外地看見一個熟悉的人，是那位時常跟在姜滸軒身旁，總愛與她作對的少女。

這次抓范攸，想必就是她出的主意了。

「妳就是季苡萱？跟妳哥哥長得眞不像。」

爲首的男子臉上帶疤，季苡萱沒印象自己見過對方，只好裝乖微笑，「我哥長得比較粗獷。」

季亦楓長得不差，念書時三天兩頭就收到小女生寫的情書。他為了混黑道故意曬黑，還留了大鬍子，加上高大的身材，讓他看起來既魁梧又凶狠。

「請問這位大哥怎麼稱呼？」季苡萱問道，對方看起來大概跟阿坤年紀差不多。

「喊我刀疤哥就可以了。」男子還摸了摸自己臉上令人怵目驚心的疤痕。

季苡萱瞇起眼，她記得聽姜滸軒說過，他曾經打過一位混混，對方作勢拿酒瓶捅他的肚子，因此他拿刀劃傷對方的臉。

「聽說妳跟姜滸軒很熟？」刀疤哥開口提及姜滸軒時，眼裡的狠戾讓季苡萱證實心中猜想。

季苡萱沒打算隱瞞他們的關係，對方大概早就調查過了才會找上她。而且那名少女就站在刀疤哥旁邊，她跟姜滸軒熟不熟，想必少女已經告訴刀疤哥，她沒必要否認。

「熟是挺熟的。」季苡萱點點頭，故意將話鋒轉向刀疤哥身旁的少女，「但跟林媛比起來，她應該比我更熟吧？」

這話一出，站在刀疤哥身旁的林媛明顯面色一緊。

感覺到刀疤哥打量的目光落在自己身上，林媛趕緊開口：「季苡萱，妳這話什麼意思？」

「沒什麼意思，只是說妳是姜滸軒的跟屁蟲，只差沒爬上他的床。」季苡萱聳聳肩。

季苡萱某次與姜澼軒等人混在一起，因爲覺得菸味太重，決定到一旁透透氣，卻意外聽見這女人想對姜澼軒下藥。

因此那天她把姜澼軒所有的飲食都扔進垃圾桶，僅留下被下藥的飲料，潑到這女人的臉上，她的臉轉紅，不知道是因爲藥效還是惱怒。

她向季以萱百般求情，求她不要告訴姜澼軒。季苡萱看著眼前哭得慘兮兮的少女，寒聲警告，「再有下次，我就讓姜澼軒親自處置妳。」

誰知道林媛得了便宜還賣乖，儘管檯面上沒再招惹季苡萱，私底下卻沒少和她作對。

上次兩人在校門口針鋒相對，想必林媛也是懷恨在心，再加上姜澼軒追求范攸的舉動太過高調，讓她轉而投靠刀疤哥，替他對付姜澼軒，連帶對付范攸和季苡萱。

「妳！」聽季苡萱隱晦地提起往事，林媛脹紅了臉。

「林媛，怎麼回事？妳不是說妳討厭姜澼軒，恨不得他痛苦嗎？」刀疤哥指向一旁被綁起的范攸，「妳說姜澼軒最近追這個女生追得很勤，想要讓他難受就把她綁來。」

聞言，季苡萱眉眼低垂，果然是林媛出的餿主意。

林媛見刀疤哥看自己的眼神出現殺氣，立刻討好道：「我、我之前是喜歡姜澼軒，但他根本不把我當一回事。我哪裡不好？他看不起我，我還看不上他呢！那傢伙能囂張多久？現在還不是栽在刀疤哥您的手上！」

刀疤哥哈哈大笑，手掐住林媛的下巴，用力地往她嫣紅的唇上親下去，「確實，我們林媛哪裡不好？是那小子配不起妳！」

林媛盡力忍住反抗的模樣，季苡萱看了心裡半分同情也生不出來。

餘光瞥見范攸蒼白的臉色，再拖下去恐怕會出事，於是她開口對刀疤哥說：「您找我來，是想我用哥哥的名聲來幫您統一這裡的勢力，還有對付姜滸軒？」

「聰明的丫頭。」

刀疤哥看向季苡萱的眼神閃爍著光，他放開林媛，起身走向季苡萱，「如果妳願意出面幫忙，我答應在楓哥出獄後，分給他一半的地盤。」

分一半？季苡萱在心中冷笑。

這裡的地盤原本都是屬於她哥哥的，只不過季亦楓入獄後被其他混混瓜分，只有姜滸軒和阿坤是眞心替哥哥打理地盤。

刀疤哥這些空口無憑的發言，她根本不相信！

季苡萱臉上努力保持微笑，「您太看得起我了，大家仰賴的是我哥哥，我一個手無縛雞之力的女孩，說出口的話哪能讓人信服？」

「妳的話不能讓占據地盤的混混們相信，但只要姜滸軒相信就可以了。」

刀疤哥臉上陰狠的笑容，令季苡萱的心彷彿壓上一顆大石。姜滸軒確實信任她，但不代表她就要出賣好友。

看出她眼神中的不情願，刀疤哥冷哼一聲，對身旁的跟班們說：「去把那女孩的衣服扒了，然後拍幾張照片發給姜滸軒。」

季苡萱一聽臉色驟變，眼看那群貪婪的男人朝范攸伸出手，她趕緊出聲大喊：

「住手！別動她！」

刀疤哥挑起眉，似乎料到了季苡萱的反應，轉頭向面色僵硬的林媛說：「妳看看，我就說姜湋軒是個懦夫，連個女人都搞不定。」

季苡萱上前擋在范攸前面，刀疤哥起身，伸手用力推了季苡萱一把，粗魯的力道使她跌在范攸身旁。

季苡萱吃痛地抬起頭，發現刀疤哥神情已經不是剛剛有禮好說話的模樣，表情明顯的帶著不耐。

「妳去叫姜湋軒交出地盤，要不然我才不管妳是不是楓哥的妹妹，就跟這女孩一起在這鐵皮屋裡好好陪我的兄弟們！」

刀疤哥這話一出，周遭訕笑聲四起。

季苡萱氣得牙癢，恨不得起身搧面前的男人一巴掌。

她深吸一口氣，瞇起眼開口：「我去跟姜湋軒談。」

說完，她注意到范攸被綁得快喘不過氣來，替她鬆開嘴上的布條和身上的繩子。

「妳不能害姜湋軒，他很相信妳的！」范攸一鬆嘴，立刻眼眶發紅，瞪著季苡萱。

她也不想害好哥兒們啊！季苡萱皺眉，眼看周遭站滿混混，她不想和范攸多做解釋，轉頭對刀疤哥說：「先放了范攸吧！她是無辜的！」

「她可是姜湋軒的軟肋，要我放了她……」刀疤哥大笑，「妳當我是傻子嗎？」

「你放了她，換我給你們綁。」季苡萱眼神閃過一絲決絕，「我哥對姜湋軒有恩，他不會對我見死不救。」

「季苡萱，妳太把自己當回事了吧？」一旁的林媛冷笑，好不容易把范攸綁來，她可不想輕易放人。

「你們不是嫌勢力分散嗎？綁范攸只能牽制姜澔軒，但如果綁了我，還能說服我哥地盤上的那些混混。」

聞言，林媛轉頭看向刀疤哥，果然看見他考慮的神情。

深怕刀疤哥會答應季苡萱的提議，林媛開口：「您別聽這女人胡說八道，姜澔軒不可能爲了她放棄地盤，只有用范攸來要脅——」

「妳閉嘴！」刀疤哥朝她低喝，林媛立刻止聲。

刀疤哥轉頭看向季苡萱，他摸著自己臉上的刀疤沉聲說：「確實，抓了妳可以威脅姜澔軒以外的人，不過姜澔軒就像是我心中的一根刺，僅要他交出地盤難解我心頭之恨，我要他付出比我當時受到的還要多一百倍、一千倍的痛苦！」

季苡萱眼眸低垂，思索著要不要找機會讓范攸先逃跑，但這座鐵皮屋附近人煙稀少，或許他們也是看中這點，才把人帶來這裡，看來要全身而退很困難。

這時，鐵皮屋外傳來一聲吆喝。

「老大、老大！出事了！」

刀疤哥聽見外頭的吵鬧聲，起身大喊：「吵什麼吵？」

「警……警察局長來了！」外頭的小弟衝進鐵皮屋，臉色發白地說。

刀疤哥臉色大變，立刻起身向外走。

季苡萱見狀趁機扶起范攸，「快，我們走！」

混混們因爲警察的到來亂成一團，季苡萱趁亂趕緊拉著范攸往外逃。

「我、我腿軟了……」范攸險些站不穩，季苡萱管不著她的身體狀況，硬是拽著她往屋外走，「現在不逃，難道等他們回頭再抓一次嗎？」

林媛見她們要走，立刻前來攔阻，「站住！妳們要去哪？」

季苡萱磨了磨牙，她還沒找這女人算帳，她倒好，自己撞上來。

「范攸，妳站穩，摔倒我可不扶妳。」

季苡萱放開范攸，欺近林媛，見她朝自己揮拳，季苡萱立刻拉住對方的手臂，給了林媛一記結實的過肩摔。

「啊！」林媛痛得眼淚都流出，在地上痛苦地打滾。

「嘖，看妳還學不學乖？」季苡萱冷哼，「范攸，我們走吧！范攸？」

轉身發現范攸看著門口發愣，一動也不動。

「范——」

「姜滸軒！」

一道身影衝進門，將范攸拉進懷裡用力摁住。

滿身是汗的姜滸軒緊摟范攸，他身上有不少傷口，看起來非常狼狽，但摟住范攸的手卻相當堅定。

季苡萱看姜滸軒到來鬆了口氣，此時鐵皮屋外傳來熟悉的嗓音。

「局長，這些人就交給您了。」

向屋外。

季苡萱一聽見這聲音，不理會眼前摟抱在一起的姜滸軒和范攸，邁開步伐迅速奔

警察包圍了鐵皮屋，刀疤哥等人已經被逮捕，當季苡萱看見人群中那張白淨嚴肅的臉龐時，感覺自己的臉頰有些溼潤。

像是察覺到她的目光，邱于豪抬首朝她看過來。就算在黑夜裡，他的眼發著光彷佛照亮她的心，從他深情的眼神，季苡萱能看見他眼裡盡是濃濃的擔憂。

第六章

刀疤哥和幾名混混被上了銬，邱于豪身旁的中年男子開口對他說：「邱同學，謝謝你的協助。」

此時，范攸和姜湑軒從鐵皮屋出來，范攸一看到那位男子，便高聲喚道：「舅舅！」

這一聲呼喊，除了邱于豪和姜湑軒，在場的人都懵了，范攸竟然是當地警察局長的外甥女！

刀疤哥大概也沒料到自己綁走大人物的親屬，凶殘的神色如今只剩慘白黯淡。

季苡萱還在消化范攸的身分，這時邱于豪大步朝她走來，「不是說買完水就回家了嗎？」

從他雙眸散發的寒光，季苡萱可以感覺到少年的怒氣。

「我本來是打算回家的，可是他們……哎！痛、痛、痛！」

話還沒說完，季苡萱就被邱于豪拉進懷裡，肢體的碰觸間，拉扯到剛剛被推倒磕出的擦傷，季苡萱忍不住低呼出聲。

邱于豪立刻放開她，擔憂地道：「傷到哪了？」

季苡萱把擦傷的手藏到身後，撐起笑，「破皮擦傷，塗塗藥就好了。」

邱于豪的眼神暗了下來，他沒再次拉季苡萱入懷，只是牽過她受傷的手，藉著月光仔細審視她的傷。

被他炙熱的目光盯得不自在，季苡萱想抽回手，「邱——」

「邱同學。」警察局長向他們走來，對他們說：「還得麻煩你們跟我回局裡一趟，今天的事，我們會通知你們的父母，需要你們協助做筆錄。」

邱于豪頷首，他舉起掌中季苡萱的手，上頭的血液已經凝固。

「她受傷了，待會可以先替她包紮嗎？」

「等等回去我先請人替這位同學處理傷口。」局長點了點頭，對目光沉著的邱于豪說：「這次多虧你及時協助與提供線索，我們才能盡快進行救援。你年紀輕輕就有這樣的條理跟膽識，很適合加入警界。」

邱于豪抿了抿唇，一旁的季苡萱眼尖地看到他眼底閃過一瞬間的笑意。

想起邱于豪曾經提過想成爲警察，看來就算試圖忽略，夢想還是存在於他的心底吧！

看著眼前的警察，她腦中不知怎地出現邱于豪身穿制服、手臂上繡著臂章的模樣。

「想什麼呢？」邱于豪低頭對上她的眼。

季苡萱立刻收回目光，別開臉。看范攸和姜湁軒等人已經上了警車，她想邁步跟上，卻被邱于豪輕輕拉住。

「我接的那通電話是范暐打來的。」

季苡萱知道他指的是稍早在菁英補習班前接到的那通。

范暐不知道為什麼會有邱于豪的手機號碼，他說同意與他見面談談邱于耀的事，約他在海堤旁的咖啡廳見面，所以邱于豪才這麼急忙地離開。

「你還說不准我跟范暐單獨見面，結果你們竟然私自有約！」季苡萱不滿地鼓起雙頰，想抽回被他拉住的手。

「我後悔了。如果當時我有找妳一起去，妳就不會犯險來這了……」邱于豪沒有放手，垂眼開口：「為什麼妳第一時間不是通知我，而是告訴段歆？」

她愣愣地看著邱于豪。

季苡萱跟著混混離開超商前，其實發了求救訊息給段歆。

當時季苡萱沒想太多，因為時間緊迫，她用小時候只有她們兩人才知道的暗號發訊息。

「我想你應該是因為很重要的事才離開的。」

邱于豪再次拉她入懷，還小心地避開季苡萱的傷處，緊緊地抱住，「沒有什麼比妳還重要。」

季苡萱感覺他摟著自己的手微微發顫，於是伸手環住邱于豪的腰，回應他的擁抱。

段歆報警後就打電話給邱于豪，當時范暐正好問邱于豪，放學後是否有看見范攸。

妹妹放學後范暐一直聯繫不上她，范攸向來乖巧，不太可能突然失去聯絡。邱于豪猜想，范攸可能跟姜辭軒在一起，所以才沒接到范暐的電話。

對於范暐關心妹妹的去向，他只當作是兄長的關心，沒有想太多。

忽然，他接到段歆的電話，提到季苡萱出事了，他立刻坐不住，跟范暐說好下次再談哥哥的事，便急匆匆地離開。

臨走前，邱于豪想起季苡萱跟姜辭軒的熟稔，認為范攸失去聯絡的事可能不太單純，於是他將心中所想簡潔地告訴范暐。

范暐臉色一變，拿起手機說道：「報警程序可能沒這麼快，我們的舅舅是當地警察局長，我先知會他一聲。」

於是邱于豪和范暐分頭行動，范暐開車去姜辭軒的學校，看看是否有妹妹的行蹤，邱于豪則是在和局長會合前，去學校用糾察隊長的身分，調出校門口附近的監控。果然找到范攸被人綁走的畫面，邱于豪將監控畫面備份，再趕去與警方會合。警方調閱沿路的監視器後，速速趕到鐵皮屋。

一行人在半路遇上姜辭軒。他滿身是傷，還是全力往鐵皮屋奔去，警察原本想將他送去醫院，但他看到邱于豪和警方在一起，便主動要求上車。

知道范攸是因為自己才被綁，姜辭軒對局長和邱于豪說：「今天之後，我不會再出現在范攸面前，不再打擾她的生活。」

邱于豪在他眼中看到沉痛，垂在身側的雙手忍不住握拳，沒辦法保護自己喜歡的人，心中的痛楚他亦能夠感同身受。

他沒辦法想像，如果今晚季苡萱發生什麼意外，他該如何面對往後的漫漫人生……

因此看到季苡萱出現在面前時，他忍不住將她拉入懷裡。

聽了邱于豪娓娓道來今晚的奔波，季苡萱低聲說：「抱歉，讓你擔心了。」

感覺到口袋的手機不斷傳來震動，季苡萱好不容易從緊緊的擁抱中空出手掏出手機，看了眼螢幕，是段歆！

「段歆打來的，她肯定擔心死了！」她想滑開螢幕接起手機，但邱于豪還抱著自己，季苡萱掙了掙，示意他鬆開。

邱于豪雖不想結束這個擁抱，但想起段歆打電話給自己時，著急的語調中帶有哭腔，便放開季苡萱，讓她給段歆報平安。

在前往警局的車上，季苡萱低頭看自己被邱于豪握在掌中的手，逐漸放鬆下來，也感覺眼皮有些沉重。

發現她一直在點頭打盹，邱于豪低聲溫柔地說：「睡一下，到警局叫妳。」

季苡萱頷首，將自己的頭靠在邱于豪的肩膀上，打了個哈欠，在昏昏欲睡之際對他輕聲喃道：「謝謝你過來，謝謝你……來找我……」

在路途中，季苡萱做了一場夢。

夢裡她的爸媽都健在，一家人笑鬧著。哥哥剛從門外回來，身旁跟著他一起談笑進門的……是身穿警察制服的邱于豪。

✦

週一，季苡萱一進學校，遠遠地就看見戴著臂章值勤的邱于豪。

她拿著書包低著頭穿過人群，感覺到一道炙熱的目光停留在自己身上，季苡萱心想，自己的服裝儀容應該沒有違規之處，但聽著腳步聲朝自己而來，還是忍不住加快腳步想往教學樓去。

「季苡萱！」

一道清亮的女聲自身後傳來，季苡萱立刻停下腳步，轉頭對上段歆白皙清麗的臉龐。

「段歆……是妳呀？」說話的同時，季苡萱忍不住瞥向校門口，邱于豪還在登記違規的學生，連眼神都沒有往這看過來。

「是我！」

段歆循著她的目光，看見不遠處的邱于豪，臉上露出曖昧的笑容，「還是妳想要別人喊住妳？」

對上段歆帶笑的眉眼，季苡萱不自在地別開臉，「才沒有。」

見狀，段歆不再鬧她，注意到季苡萱手臂上還未好全的擦傷，她輕皺眉頭，「我聽說那些人保釋出來了，會不會再來找妳麻煩？」

季苡萱聳聳肩，「不會了。」

綁架警察局長的外甥女，踢到這麼大一塊鐵板，刀疤哥想必會安分一陣子，況且……

季苡萱拿起手機，打開和姜湁軒的對話紀錄。自從那天後，這傢伙彷彿失蹤了，她很擔心，還請王鑫駿去隔壁市看看。

「姜哥讓妳別找他了，也別擔心刀疤哥會再來找妳和范攸的麻煩。」王鑫駿帶回姜湁軒的消息，將他說的話轉述給季苡萱，「姜哥說，這件事因他而起，讓妳受牽連他很過意不去，所以這件事妳就別再過問，他會處理好的。」

季苡萱看著手機，螢幕上顯示著她撥了數通電話給姜湁軒，但都沒有得到回應。

季苡萱正想將姜湁軒的話告訴段歆時，身側忽然傳來一道柔弱的嗓音。

「季苡萱，妳、妳能跟我談談嗎？」

季苡萱轉過頭，看見范攸站在她們身後，她的眼眶紅紅的，嬌小的她看起來就像隻惹人憐愛的小白兔。

季苡萱本想拒絕她，畢竟姜湁軒已經決定要獨自處理和刀疤哥的恩怨，以他的個性，想必是不想再給范攸帶來困擾了。

她正打算開口回絕范攸，響起的上課鐘打斷了她，教官和糾察隊出聲趕逗留在校門口附近的學生們進教室，這些學生也包含季苡萱等人。

邱于豪朝她們走來，目光直盯著季苡萱，站定後問她，「中午一起吃午餐？」

邱于豪在眾人的注視下向她發起赤裸的邀約，季苡萱對上他專注的目光，心跳控制不住漏了一拍。

「我——」

她正欲開口，段歆立刻出聲，「苡萱的午餐要跟我一起吃！」

段歆臉上露出得意的表情，邱于豪聽到這句話果然面色微沉。

季苡萱見狀趕緊說道：「我嬸嬸今天做的午餐分量很多，邱于豪中午應該不用值勤，一起吃吧！」

她竟記得自己今天中午不需要値勤，邱于豪眉眼一舒，輕應一聲表示同意。

兩人眉眼間的小心思全落入段歆的眼，好友的臉頰甚至還微微泛紅，她只好鼓起雙頰，同意讓邱于豪一起吃午餐。

「我、我也跟你們一起！」

三人的目光同時望向突然出聲的范攸，她的眼眶隱隱有水光閃動。

季苡萱悄悄嘆了口氣，心想趁著午餐時間跟范攸說清楚也好，「那就在中庭見吧！」

眼看教官正朝他們走來，要趕他們回教室，季苡萱背起書包，往教學樓的方向邁步。

臨走前，她瞥見邱于豪仍看著自己，嘴角忍不住輕輕揚起，用唇語無聲地對他說：「中午見！」

一進教室，陳靖雯憂心地到季苡萱面前，「苡萱，聽說妳跟轉學生范攸在上週末被一群混混纏上，妳……還好嗎？」

季苡萱感覺到班上同學們好奇的視線都聚焦在自己的身上。她有預想到，范攸被綁架的事驚動了警方，校方這邊應該會壓下許多消息。

「我很好呀！不然怎麼在這跟妳說話？」季苡萱笑了笑，佯裝不在乎，「謝謝班長關心！」

聽她這麼說，陳靖雯鬆了口氣，壓低聲音對季苡萱說：「我還聽說，邱于豪未經教官同意，就把監視器畫面給警方，現在被叫去校長室了。」

季苡萱一聽立刻從座位上蹦起身子奔出教室。

「待會要上課了！」陳靖雯大喊。

季苡萱頭也沒回，朗聲應道：「我去去就回！」

一定有許多人看見邱于豪回學校拿監視器畫面，雖然不知道同學們究竟知道多少，但從眾人帶有審視的目光中，她猜，大家或許以為是她把范攸和邱于豪捲進這次的事件。

不管她怎麼努力想做回好學生，之前她已經累積了不少記過紀錄，要申請一流大學肯定是沒有希望了。她一人也就算了，季苡萱不希望因為自己影響到他人，尤其是成績優異、前途光明的邱于豪。

在校長室，邱于豪正挺直著腰桿接受校長的質問。

「我明白你是為了配合警方調查，但你怎麼可以未經我們的同意，就將監視器內容交予警方呢？」

方主任出聲替邱于豪開脫，「想必他是考量到當時的狀況緊急——」

「方主任，這件事關乎學校的名譽，警方已經朝綁架案偵辦。事情發生在我校學生身上，你我都有責任！」校長神情嚴肅，隨即將視線再次投向邱于豪，「邱同學，你可以先回答我的問題嗎？」

邱于豪的視線平靜地掃過在場的師長和教官，最後落在校長臉上，對著他沉聲開口：「在校長跟老師們眼裡，我這麼做是錯誤的嗎？」

校長面色一緊，「也不是說你錯，只是如果可以先知會我們一聲……」

「當時范攸被人擄走危難在即，如果要在救人與學校的名譽間做抉擇，我選擇前者。」邱于豪眼神凜然，看向目光低垂的校長，再將視線轉向方主任。

「因爲哥哥曾經的選擇，你們總對我有所顧忌。過去哥哥用盡全力地想找到活下去的理由，然而最後選擇結束自己的生命。」

提起邱于耀，校長室內的氣氛頓時透著一股低迷，連方主任都露出沉痛的神情。那名身穿潔淨校服的少年霎時浮現在眾人的腦中，他是那樣的優秀、那樣的令人驕傲。

卻沒有人看見他光輝的身影背後，恐怖的陰影緊緊束縛著他。

「你們對我小心翼翼，是想要彌補當時沒有看見……」邱于豪眸色一冷，「或是無視我哥哥的求救。」

當年邱于耀被阿坤霸凌一事不可能沒人知道，師長卻因阿坤雄厚的家世，明知道學生受委屈，還是對霸凌行爲睜一眼閉一隻眼。

「你們對外說我哥哥是因爲課業壓力走上絕路，但你們心裡都明白，是周遭的冰冷讓他一步步走向死亡。」

邱于豪從書包拿出邱于耀的日記，放到校長面前的桌上，翻到寫著「我眞的盡力了」的那頁。

「我哥不怪欺負他的人、不怪無視且不幫助他的人、不怪不知情的家人們，也不怪他喜歡的人，他只怪自己。所以他累了，不想再面對這個冷漠無情的世界，因爲就連他都不知道該怎麼愛自己。」

眼前的方主任紅了眼眶。

邱于豪拿出摺紙魚放在掌心，低聲續道：「但他在最後的最後，還是決定用愛回應這個令他心灰意冷的世界，投向他嚮往的悠然與自由。」

邱于豪抬起隱隱有水霧的雙眼，瞥見窗外有一道熟悉的身影朝這裡奔來。

「但他是他，我是我，我們是不一樣的個體。」邱于豪的嘴角揚起一抹淺淺的弧度，連他自己都沒有察覺。

他對著校長室內的師長說：「未來不管遇到怎樣的困難、怎樣的壓力，我都會選擇活下來。」

話音才落地，「啪」的一聲，校長室的門被人打開。

「報告！」

季苡萱氣喘吁吁地進校長室，目光掃過校長緊皺的眉頭、教官忍怒的神情，以及方主任詫異的表情，最後望向邱于豪，她一愣，被叫來校長室責問，爲什麼這傢伙還笑得出來？

「季同學，現在是上課時間，妳來這裡做什麼？」校長盯著眼前的少女問道。季苡萱一直是學校的問題人物，要不是念在她國中時的優異成績，實在很想將她退學轉校。

校長的問話拉回季苡萱的注意力。

從陳靖雯那聽到邱于豪被叫來校長室，她沒想太多就跑出教室了。看到在校長、教官和方主任面前孤零一人的邱于豪，她深吸一口氣，上前與他並肩而立。

「我也是事件的當事人，爲什麼你們只針對邱于豪追究責任？」季苡萱說道。

校長一愣，隨即沉聲開口：「我們之後自然會找妳談，只是現在先找邱——」

「校長，如果不是邱于豪及時提供監視器畫面、協助警方搜救，我和范攸還不知道會發生什麼事！」季苡萱伸出手指比向身旁的少年，朗聲道：「他並沒有做錯任何事！」

她迎上校長嚴厲的目光，咬牙續道：「如果眞的要追究責任，那不如找我吧！看是要記過，還是愛校服務，甚至想退學或安排轉校，我都沒意見！」

反正她早就習慣背負罵名了，每週的違規登記簿總是寫滿她的名字，多一條違規對她來說不過是雞毛蒜皮。但邱于豪不一樣，他有美好的前程，不該被莫名記上這麼一筆。

教官聽完眉頭一擰，開口道：「妳先出——」

教官要把季苡萱趕出校長室的動作落入邱于豪眸中，他的眼暗了暗，迅速上前擋在她和教官之間。

「校長、教官，還有方主任，如果沒有其他的事，我們要回教室上課了。」邱于豪拉起季苡萱的手，要帶她走出校長室。

季苡萱還以爲校長和教官會攔住他們，回頭一看，卻發現他們不發一語，臉色甚至有些心虛。

「喂，邱于豪！」她盯著默不作聲地走在她前方的少年，她出聲問，「你沒事吧？」

她剛剛似乎看見他眼眶泛紅，難道眞的要被記過了？

季苡萱皺起眉頭，想抽出手轉身再去找校長等人談，卻被邱于豪緊抓住，不讓她離開。

「你……」

「于豪、季同學！」

身後傳來高聲的呼喚，兩人一齊轉頭，原來是方主任隻身追上。

方主任看著邱于豪手裡拿著的摺紙魚，想起他曾經的那名學生，抬手拭去匯聚在眼角的淚，「于豪，我們確實一直覺得對不起于耀，當時我們不是沒察覺他在求救。就像你說的……我們對待你時都懷著彌補的心情，但你畢竟不是于耀，他已經離開了，這是我們都必須接受、面對的。」

聽見方主任的一番話，季苡萱抬眼看向邱于豪，沒再試著抽回自己的手，而是握緊他微涼的手。

「不僅是我，當年在這所學校的師長們都欠于耀一個道歉。」方主任續道。

「主任，我哥哥已經聽不到你們的道歉，但現在或未來，在這座校園裡，或許還有人在發出無聲的求助。」

他輕輕鬆開與季苡萱相握的手，指著袖襬上自己總是戴著糾察隊臂章的位置，「我希望你們懷著這份虧欠，來幫助需要協助的學生們，讓這份悲傷終止在我哥哥的身上。」

方主任望著眼前的少年，透過他，彷彿看見了另一道清瘦的身影。

半晌，方主任點點頭，對邱于豪道：「我答應你，我往後的教學生涯都會幫助他們。」

聞言，邱于豪頷首，再次拉起季苡萱的手，低頭對她說：「我們回去上課吧？」

季苡萱臉一紅，但他抓得太緊，根本抽不出自己的手。

邱于豪正準備邁步回教室，方主任再次叫住他們，「季同學，我們不會對于豪做任何懲處，因爲他沒有犯錯，妳也是。」

聽到方主任的話，季苡萱終於鬆了口氣，笑意才染上眼底。

走了一會，季苡萱發現邱于豪並不是帶著她朝教學樓走去，而是走向舊教學樓。

到了舊教學樓後，邱于豪才鬆開季苡萱的手。

瞄了眼空蕩蕩的掌心，季苡萱感覺一股悵然浮上心頭。她壓下心中的煩悶，左顧右看，認出這間教室是她和王鑫駿之前一起來打掃的社辦，也是她發現邱于耀日記的地方。

她垂眸盯著邱于豪手裡的日記本，輕聲問，「你是不是早就知道你哥哥和范暐之間發生了什麼？」

「嗯。」邱于豪直言，「衝刺班結束的那天，因爲三天沒見到哥哥，所以我瞞著父母去補習班想接他……正好碰見范暐和范攸。」

那是個下著傾盆大雨的傍晚。

邱于豪淋著雨從公車站跑到菁英補習班，他縮著肩膀在補習班門口等候哥哥，然而已經超過下課時間了，還是沒見到邱于耀的身影。

補習班門口接學生的人潮逐漸散去，邱于豪正想進去找人問問，這時，一對男女一前一後地走出，前頭的少女走得急，而她身後的男子緊跟其後。

少女沒注意到門口的邱于豪，兩人撞在一塊，她本來就已經哭紅鼻子，這麼一撞，直接大哭出聲。

此時男子追上來，拉起妹妹想向眼前的少年道歉，一抬眼，與邱于耀相仿的眉眼，讓他愣了半晌，才把道歉說出口，「對不起，你沒事吧？」

眼前的少女哭泣不止，邱于豪低頭看自己摔倒在地、擦傷流血的膝蓋，想起父親曾跟他說過「男生要勇敢」，即使疼痛令眼淚湧上眼眶，還是賣力忍住淚水。

「我沒事，她……還好嗎？」看少女哭得直打嗝，邱于豪問道。

男子正要開口，身旁的少女搶先一步說道：「我不好！我哥他竟然跟一個男生親——」

「范攸！」

范暐趕忙打斷她，因爲著急出聲口氣嚴厲，使范攸癟起嘴，又淌下兩行淚。

「哥，你這樣要怎麼跟施姊姊交代？你們下個月就要結婚了啊！」

范暐臉色有些發白，隨即拉著范攸，打開傘往外頭走，「我們回去再說。」

邱于豪連忙上前想詢問哥哥的去向，但不知道范暐是不是刻意想迴避他，連正眼都沒瞧，就帶著范攸離開了。

「當時我以為只是見證了一對兄妹吵架，並沒有想太多。」

邱于豪低頭翻開日記本，被狠狠打上×的那篇日記，正是衝刺班結束的那一天。

「我回家之後一直等不到哥哥，後來我抵擋不住睏意睡著了。聽我媽說，我哥當天很晚才回到家，因為隔天就是大考，我媽也以為他在補習班念書。事後才知道，我哥一直留在補習班等范暐回去找他。」

從他口中得知當年的經過，季苡萱瞪大眼，「所以范暐在有婚約的狀態下，跟你哥在一起嗎？」

邱于豪抿了抿唇，「范攸轉學來之後，我找上她談起當年的事。他們兄妹倆從小失去父母，被施家好心收養。范暐跟施小姐的婚約好像是從小就訂下的，礙於施家對他們的養育之恩，范暐並沒有拒絕婚約。」

「那他還跟你哥哥……」

「愛情來了，誰也擋不住心動。」邱于豪說道。

他說話時雙眼直盯著季苡萱，讓她的雙頰隱隱發燙，心跳也不自覺地加快。

「范暐原本答應我哥，等他考上大學，就會跟施家提出解除婚約。但范攸說，當時施家長輩病重，希望他們盡快舉行婚禮。」

在孝道與愛情之間，范暐最後還是選擇了前者。

見季苡萱蹙緊眉頭，邱于豪抬手輕柔的撫平她快擰成麻花捲的眉間。

季苡萱看了眼日記，上頭大力畫上的×，能看出邱于耀當時的恨，但他還是收好范暐批註過的摺紙魚，小心翼翼地夾在日記中。

當時有多恨，就表示他先前有多愛這個人……

「范暐最後沒有娶施小姐吧？」季苡萱回想先前與范暐碰面時，沒看見對方手上有戴婚戒。

邱于豪點頭，「其實范暐還是下定決心為了我哥悔婚，但他還沒來得及開口，我哥就已經過世了。」

季苡萱垂在身側的手握緊成拳，彷彿有股氣堵在胸口，她想起邱于耀寫下的「我真的盡力了」。

他是用什麼心情決定離開的？

支撐他走過校園霸凌的，是他對未來的期待與對范暐的憧憬……

忽地，季苡萱抬手揮開搭在自己額前的大手向後退一步，不慎踩到老舊破損的磁磚地板朝後跌去。

她下意識閉上眼等待疼痛降臨，卻感覺手臂一緊，接著被拉入一堵溫熱的懷抱。

手臂傳來的溫度，使她的眼眶湧起一陣酸澀，季苡萱低聲開口：「邱于豪，如果有天……我、我也不能回應你的期待……」

腦海中，從叔叔那聽到的話不自覺地回響——

「我們沒辦法陪伴彼此到永遠，相逢的開始即是倒數相離。」

連她都克制不住語調的哽咽。她無法想像，當時邱于耀對世界是多麼絕望，她不希望有一天眼前的少年也體會這種痛苦。

「沒關係，妳就做妳自己。」邱于豪平穩的聲調從頭頂傳來。

他輕輕放開她，季苡萱盈滿水霧的眼直直望著面前的邱于豪。

「我不後悔喜歡妳，今天是，明天、未來也是。」

「在彼此能見面的日子，才要格外珍惜。」

眼前的少年拉開與自己的距離，季苡萱見狀，下定決心不再築起心牆將他屏退在外。

感情本來就該是雙向奔赴，於是她毫不猶豫伸手抓住邱于豪的衣領，將他拉向自己，柔嫩的雙唇對上他同樣發燙的唇。

✦

午餐時間，段歆瞇起好看的眼，直盯眼前的少年和少女。

「這隻雞腿給妳。」

一雙筷子夾著炸雞腿放進季苡萱的碗裡，她一抬眼，視線就對上邱于豪帶著柔意的雙眼。

「謝、謝謝啊……」季苡萱的餘光掃到段歆，看見她幾乎要噴火的眼神不禁背脊發涼，連飯都吃得十分不自在。

稍早她在舊教學樓主動吻邱于豪的畫面不停在腦中浮現，讓她耳根發燙，白皙的臉蛋透出一片紅。

「我受不了啦！」

面對眼前兩人冒著浪漫泡泡的互動，段歆忍不住放下手中的餐具，轉頭對身旁的范攸說：「妳不覺得他們很閃嗎？」

范攸嘴裡還咬著午餐配菜，她先看了眼邱于豪，再將目光轉向季苡萱，吞下嘴裡的菜，半晌後開口：「情侶不都這樣嗎？」

聞言，季苡萱眼角一抽，隨即將碗裡的雞腿塞回給邱于豪，看見他眼中的點點笑意，她心跳漏了一拍，趕緊低頭扒兩口飯。

段歆簡直要被他們倆閃瞎了，睨了范攸一眼，低聲問，「所以妳跟姜湝軒也像這樣嗎？」

聽她提起姜湝軒，范攸垂眸停下筷子。在旁的季苡萱見狀，忍不住用手肘輕戳段歆，讓她別再多問。

范攸垂頭喪氣的模樣，季苡萱看了也有些心疼。

范攸先前被刀疤哥等人擄走，儘管最後化險爲夷，姜湝軒仍覺得起因是他，怕再讓范攸置身險境，於是拒絕與她聯繫。

不只不和范攸聯繫，就連季苡萱也找不到他。而且她從王鑫駿那裡聽說，姜湋軒已經辦理休學手續。

季苡萱苦惱著該怎麼委婉告訴范攸，姜湋軒已經決定離開她的生活圈，這時，邱于豪出聲了，「那傢伙不來找妳，妳不是該開心嗎？」

他口中的「那傢伙」指的自然是姜湋軒。

一聽到他的用詞，季苡萱眉頭蹙起，這麼一提，她可沒忘記之前邱于豪誆騙姜湋軒到操場圍牆外的事。

姜湋軒是她哥哥的小弟，與她相識許久，兩人間並沒有所謂的男女情愛，是以好兄妹相稱的朋友，所以她不希望邱于豪與姜湋軒交惡。

像是料到她的心事，邱于豪伸出手輕揉她額前的細髮，柔聲道：「當時如果不是半路遇上他，讓他上警車帶路，也不會這麼快找到妳們。」

季苡萱頷首，他眼底的堅定，稍稍緩下她心中的不安。

范攸抿了抿唇，眼中凝聚起薄薄水霧，她低聲道：「我之前以為，只要他不再來，我會開心得放煙火……但不知道為什麼，我完全開心不起來。明明知道他不會再出現了，下課時我還是會忍不住看向校門外。」

有時等到太陽都下山了，那道熟悉的身影還是沒有出現，她才失望地走向公車站去搭車。

先前她想盡辦法擺脫姜湋軒，然而，當他不再出現在她的面前，她反而開始想念起那名狂狷不羈的少年。

「我甚至懷疑自己可能喜歡上姜滸軒了……」

范攸望著眼前的季苡萱低喃。不然她怎麼會主動找季苡萱詢問姜滸軒的去處？

季苡萱笑道：「有自信點，把『可能』二字去掉。」

季苡萱抿了抿唇，聽起來范攸對姜滸軒不是完全沒有動心，想想姜大王的付出也算是有回報。只是他已經下定決心不再干擾范攸的生活，以他固執的個性，決定的事就不會輕易改變。

此時，她的掌心被一隻溫熱的大手握住，季苡萱看了眼身旁的邱于豪。

曾經的她也以爲自己不會再對人敞開心扉，然而邱于豪改變了她，所以就算姜滸軒不會輕易改變決定，也不代表他永不會變！

「范攸，把手機給我。」季苡萱朝她伸出手。

范攸一愣，幾秒後才反應過來，把手機交給季苡萱。

她打開地圖APP，輸入了一串地址，隨後按下路線導航，「去告訴他吧！」季苡萱把手機還給范攸，示意她在這裡能找到姜滸軒。

范攸瞠大眼，「現在？」午休時間就快結束了耶！

「我記得王鑫駿好像說，姜大王已經簽了志願役，還自請去外島……」

聞言，眼前的少女立刻站起身，抓著手機就向著校門奔去。

她急得連餐具都沒有拿走，段歆趕忙幫她收拾好追上，「喂，范攸！等等呀！」

看著兩名少女倉皇的身影，季苡萱的嘴角忍不住揚起一抹笑。笑容維持不到一秒，就感覺身旁傳來冷冽的低氣壓。

「妳這樣算不算慫恿同學蹺課，嗯？」

季苡萱心中警鈴大作，她都忘了，身旁這位正是糾察隊長本人呢！

面對邱于豪的緊迫盯人，季苡萱心一橫，伸出手要拉邱于豪的衣領，並將雙唇湊向前，但還沒拉到，手掌就被他先一步抓住。

「同一招用不膩……」頭頂傳來邱于豪的輕嘆，季苡萱還沒回過神，雙唇就碰上一堵溫熱。

季苡萱被他吻得腦袋發暈，心想，這傢伙明明就喜歡她用這招吧！

午休時間結束，段歆發了訊息給季苡萱，告訴她范攸以身體不適為由請假，已經離校了。

看著手機上顯示的對話，季苡萱不自覺露出微笑，聽到老師進教室的聲響，她趕緊將手機收進書包。

「最後一排同學把功課收上來。」

數學老師掃了一圈教室裡的同學，目光最後落在季苡萱身上，「收作業的同學檢查一下，如果有人沒寫功課，請那位同學站起來。」

過了一分鐘，幾位同學陸續站起身，但其中沒有季苡萱的身影，讓數學老師一愣。

「老師，這是同學們的作業簿。」陳靖雯負責把收來的作業簿整理好放到講台上。

數學老師翻找出寫著「季苡萱」的作業簿，像是不相信她居然有寫作業。一翻開簿子，每一題都寫上整潔的算式與解答，老師忍不住瞪大雙眼。

「老師，怎麼了嗎？」陳靖雯注意到老師的異狀，不禁低聲問道。

數學老師回過神，抬眼對上神情疑惑的陳靖雯，猶豫了一下，還是出聲問，「班長，妳的作業有借給季苡萱嗎？」

聞言，陳靖雯一愣，注意到老師手裡拿著季苡萱的作業簿，心中有股異樣感正在發酵。

季苡萱不知道數學老師和陳靖雯說了什麼，只見陳靖雯臉色不佳地回到座位。她伸手戳了戳坐在前面的陳靖雯，悄聲說：「如果退步太多要被打很多下，記得先搓搓手，這樣被打才不會這麼痛！」季苡萱不吝嗇分享自己被數學老師用藤條伺候的經驗。

陳靖雯抿了抿唇，這次考試她確實有退步，不過，一想到剛剛老師說的話，她盯著季苡萱看的眼神就充滿了猶豫。

「不要再聊天了，開始上課。」數學老師的藤條打在黑板上，拉回眾人的注意力。

老師叫沒寫作業的同學罰站半堂課，隨後又點了季苡萱叫她起立。

「老師，我有寫作業啊！」季苡萱不明所以。

「抄來的作業也算是寫嗎？」數學老師拎起她的作業簿，冷笑說道：「之前妳不都抄班長的作業，連錯的地方都一模一樣！」

季苡萱沉下臉，走到講台前，對數學老師低下頭。

「以前抄作業的行爲是我不懂事，在這裡愼重地跟老師道歉，但這次的作業，我沒有抄任何人的。」她挺直腰桿一字一句強調，「現在沒有，以後也不會有！」

數學老師的表情擺明了不相信她，季苡萱指著黑板說：「老師可以從作業簿的習題裡隨便出一道，我現場算給妳看。」

數學老師愣了愣，隨即拿起作業簿，選了一道題出在黑板上，寫完還立刻闔上作業簿，不讓季苡萱有機會看到算式和答案。

季苡萱拿起粉筆，看了眼題目，便開始書寫。

她在黑板一筆一畫寫下算式，同學無不集中在她身上，就連陳靖雯也忍不住屏息，看著季苡萱算出答案。

放下粉筆，季苡萱轉頭看向面露驚訝的數學老師，「我這題有錯嗎，老師？」

完全正確！而且季苡萱用自己的方式簡化公式，更快速地算出答案。

數學老師張大眼，如果季苡萱的作業眞的是用抄的，這題根本算不出來。她的腦海響起陳靖雯剛剛對她說的話——

「我之前以爲自己走在苡萱前面，現在我才知道，她早就超越我，而且走到連我也追不上的地方。」

數學老師的眼神暗了暗，看著眼前的少女，在心裡輕輕嘆了口氣，「妳可以回座位了。」

數學老師放下藤條，在季苡萱轉身之際喊住她，「對不起，是老師誤會妳了。」季苡萱聽到老師的話先是一愣，隨即揚起笑容對老師說：「那以後我們如果退步，妳可以打小力一點嗎？」

一席話讓教室裡的同學們紛紛出聲起鬨，看著季苡萱被學生們的笑語簇擁，數學老師莞爾一笑，聳肩應諾她的要求。

放學鐘響，陳靖雯走到季苡萱身側，將志願單交給她，「下週一記得要交給班導師。」陳靖雯瞄了眼季苡萱的桌面，課本上滿是筆記。

她問盯著志願單出神的季苡萱，「以後可以跟妳一起討論功課嗎？」

季苡萱拉回心神，想也不想就頷首，「當然可以！」

陳靖雯露出笑容，真誠地說：「妳說不定可以考上第一志願，這樣也能再跟邱于豪同校了吧？」

糾察隊幾乎每節下課都會巡邏經過這間教室，即使兩人沒有手牽手在學校放閃，明眼人都看得出他們眼神間的炙熱。

聽到陳靖雯的話，季苡萱眼底的深意一閃即逝，而陳靖雯並沒有察覺她的異狀。此時教室外傳來段歆的呼喚，季苡萱把志願單塞進書包裡，對陳靖雯說道：「我先走了，數學課時謝謝妳了。」

想來季苡萱早已猜到數學老師跟她的對話了，視線追著她背著書包離去的身影，陳靖雯抬手揉了揉發酸的鼻子。

「是我要謝謝妳。」

✦

季苡萱跟段歆約好，放學後要一起去之前生活的房子找一把鑰匙。這把鑰匙能開啟多年前她們一起寫的交換日記。

「我很久沒有回去了，不曉得還在不在。」季苡萱說道。因爲那晚不好的回憶，這些年她一直沒有再回到那個家。

「苡萱，如果妳不想回去，我們再想辦法開鎖就好。」見她臉色有些蒼白，段歆憂心地道。

季苡萱搖搖頭，表示自己已經能勇於面對過往。

爲了緩和氣氛，段歆轉移話題，「今天邱于豪怎麼沒說要跟來？」

段歆已經慢慢接受他們的關係，只是她好不容易跟季苡萱和好，閨密的時間卻總是被邱于豪占去。

「糾察隊要値勤，而且糾察隊要選新隊長了。」想起邱于豪，季苡萱的臉頰泛起淡淡的紅，嘴角也忍不住上揚。

好友沉浸在愛情中，段歆無可奈何地聳了聳肩。

「時間過好快呀！學長姊這個月畢業後，我們就升上三年級了！」

季苡萱點點頭，三年級要忙備考，所以通常會讓二年級接任糾察隊長。

兩人不知不覺走到季家門口，季苡萱從書包裡拿出鑰匙，雖然已經很久沒有回來，但這個家的鑰匙，她一直小心保管著。

「喀」一聲脆響，開門聲讓季苡萱的心跳快了一拍，她與身旁表情比她還緊張的段歆交換了眼神，深吸一口氣打開家門。

兩人一起走進去，裡頭的擺設一如數年前，不過因爲久久沒有人居住，家具跟物品上蒙上了一層灰塵。

家中的每一個角落都能勾起季苡萱對家人的回憶，有幸福、有甜蜜、有難過、有哀傷……

當段歆遞過面紙，她才發現自己早已淚流滿面。嚥下難忍的酸楚，季苡萱對著空蕩的客廳輕聲說：「我回來了。」

她們來到季苡萱的房間，床跟家具都被叔叔用塑膠袋罩住，袋子上積了厚厚一層灰。

季苡萱逕自走向書桌，這時，段歆的目光被桌墊下夾著的摺紙聖誕老公公吸引。

「好可愛呀！」段歆指著摺紙問，「是亦楓哥摺的嗎？」

季苡萱抬眼看向段歆手指的聖誕老公公，她輕輕地搖頭。

「以前我跟家人去耶誕城，不小心跟家人走失，那時遇到的一個大哥哥送我的。」那時她還小，已經記不清對方長什麼樣子了，印象裡只有對方相當溫柔的笑容。

段歆盯著精緻的摺紙，忍不住嘆道：「如果我有這麼巧的手就好了……妳找到了？」季苡萱從書桌抽屜的小鐵盒裡，拿出一把小巧鑰匙。

季苡萱遞過鑰匙，讓段歆看清楚，便問，「是這一把嗎？」

段歆用力點點頭，然後從書包裡拿出那本收藏許久的交換日記，疑惑地問，「爲什麼過了這麼久，妳還堅持要打開這本日記呢？」

「我想確認一件事。」季苡萱拿過鑰匙和日記，將鑰匙插入鎖內，轉開日記本上的鎖頭。翻開日記本，裡面寫滿了她們之間的回憶，用繽紛的彩色筆留下燦爛的青春，用青澀的文字述說屬於兩人的祕密。

季苡萱翻到其中一頁，上面寫著「段歆喜歡隔壁班班長」。

「哎！爲什麼要看這個啦！」段歆趕緊伸手摀住自己的筆跡，小時候的事情，現在拿出來重溫好害羞。

季苡萱笑著說：「抱歉、抱歉！我翻錯了。」

她眼中的點點笑意和毫無悔意藏不住，段歆心想她絕對是故意的！

發現段歆鼓起雙頰，季苡萱迅速地翻到其他頁，最後停留在兩人討論各自夢想的那一面。

段歆從前想成爲歌手，不過她卻是十足的音痴，她在日記寫下，自己未來一定要勤練歌喉，達成音痴也能當歌手的夢想。

「妳現在還唱歌嗎？」季苡萱微笑問道，她眼中有著眞摯。

段歆眨眨眼，嘴角揚起弧度，「唱呀！要不要現場給妳來一首？」

說完也不等季苡萱回應，段歆逕自唱起一首抒情歌，儘管音準不是特別準，但相較起兒時的走音跑調，她離音痴已經有好大一段距離了。

伴隨著好友的歌聲，季苡萱低頭看著日記，那是她的筆跡，寫著她的夢想——開一間麵包店。

段歆唱完一首歌，目光循著季苡萱的視線落在日記本，低聲反問她，「妳想確定的就是過去的夢想嗎？」

季苡萱闔上日記本，輕輕道：「不是過去，現在我的夢想也是一樣的。」

聞言，段歆開口問，「妳不打算拚第一志願嗎？」季苡萱已經重拾過往努力念書的精神，以她進步的速度，想要報考第一志願，或許還有希望。

季苡萱搖搖頭，「我的夢想就是開一間麵包店，每天飄出幸福香味，就跟爸爸以前一樣。」

儘管好成績爲她帶來成就感，但她還是希望有一天能達成這個夢想。

看她心意已決的模樣，段歆心中有些難過，原本以爲她們有機會再同校，現在看來十分困難了。

段歆輕嘆口氣，給了季苡萱一個大擁抱，「不管以後妳我在哪，我都會祝福妳。」她的嗓音有些哽咽，續道：「以後每年生日蛋糕我都要去妳店裡訂，不許跟我收錢喔！」

季苡萱笑著應聲，緊緊回抱懷裡的好友，淚水不自覺沁出眼角。

兩人在離開季家之前，段歆出聲問，「邱于豪知道妳不打算考第一志願嗎？」

語畢，從季苡萱垂眸的模樣，段歆得到了答案。

「早點告訴他吧！」段歆拍拍季苡萱的肩膀，「也許你們會分隔兩地，既然彼此互相喜歡，即使千里姻緣一線牽，雙方也必須都好好珍惜這段感情。」

季苡萱點了點頭。

與段歆分別之後，季苡萱回到叔叔家，不久，就收到了邱于豪傳來的訊息。

「新的糾察隊長選出來了嗎？」

季苡萱吃完晚餐才回訊息給他，但那頭已讀後沒有回應，季苡萱心想，他可能在忙，這時手機突然震動起來，是邱于豪打電話給她。

她瞄了眼在客廳哄堂弟的叔叔，以及在收拾餐桌的嬸嬸，捧著電話速速溜回房間。

一道匆忙的身影閃過，嬸嬸問叔叔，「苡萱是不是交男朋友了？」

季叔叔愣住張大了嘴，就連兒子一隻小胖腳踢在臉上也沒有感覺。

「男、男朋友？」

嬸嬸的視線流轉在叔叔錯愕的神情，以及季苡萱房間緊閉的門。想當年，她談戀愛時也是如此青春洋溢。

季苡萱回房間才接起電話，邱于豪的嗓音透過手機傳出，「吃飽了嗎？」彷彿貼著她的耳述說，讓季苡萱心跳加快，每天在學校的見面，讓她對邱于豪的喜歡與日俱增。

「嗯，你呢？」

忽地想起今天跟段歆的對話，季苡萱的心情泛起一股苦澀與不安。

「吃了。」邱于豪換了話題，回應她剛剛的訊息，「新隊長選好了，下週開始，放學時不會再安排我值勤。」

言下之意，他們放學可以一起回家了。

一想到兩人甜蜜的互動，季苡萱就覺得心裡的那份難受越放越大。

「于豪。」她突然出聲喚他，以前總是連名帶姓，她有些不習慣這麼喊他。

邱于豪也在這聲呼喚中感到她的不對勁，他眸色一沉，低聲輕應。

「你對我的喜歡能不能少一點？」

季苡萱相信，沒有永遠恩愛的情侶，她的父母會吵架，叔叔跟嬸嬸更是常常爲了孩子爭吵。

她現在這麼喜歡邱于豪，如果他們吵架了，甚至不能在一起了，彼此一定會很心痛，她希望邱于豪能減少這份痛楚。

電話那端，邱于豪遲遲沒有回應，季苡萱便心一橫，「假如未來我們沒辦法待在同一個地方，或是分開——」

「季苡萱。」邱于豪出聲打斷她的設想，「之前我說妳可以做自己，意思是，不管我是不是在妳身邊，妳都能這麼做。

「喜歡不是說減少就能減少，如果我的喜歡帶給妳負擔，我會努力試著改變。大人總說時間會改變一切，其實改變任何事的是自己。然而這份喜歡，從一開始就沒變過。」

季苡萱抿了抿唇，拿出書包裡的志願單，低聲說：「就算我不報考第一志願，打算到外地念書，與你分隔兩地？」

邱于豪沒料到季苡萱已經做好決定，但面對未知的未來，他早有心理準備。

「未來的事確實沒人說得準，我們都有想做的事、想達成的夢。」

聽著邱于豪低沉的嗓音，她不安的心逐漸穩定下來。

「苡萱，將來的路很長也很遠，沿途不管是風和日麗還是風雨交加，妳都不是一人獨行。」

季苡萱斗大的淚落在志願單上，此時耳邊傳來的，是邱于豪溫柔的詢問。

「妳願意陪我一直走到未來嗎？」

✦

六年後。

街道上傳來響亮的鞭炮聲，新開張的麵包店外人聲鼎沸，其中有半數都是身穿黑衣、手臂滿是刺青的道上弟兄。

黑衣人中，爲首的竟是季苡萱的跟班王鑫駿，他高聲呼喊：「來，大家整齊一點！一、二、三，喊——」

「恭喜楓哥開店！要財源滾滾、生意興隆喔！」整齊劃一的喊聲，把店面的玻璃都震了一震。

高大的季亦楓站在店門口，笑得合不攏嘴。

他出獄後回到家鄉與妹妹團聚，而曾經的小弟們仍願意跟著他，不過，他不再做討債的工作，而是計畫與妹妹開一家麵包店。

這幾年季苡萱不只考上烘焙證照，還在畢業前出國比賽，在國際烘焙比賽獲得佳績。

今天就是季家兄妹的麵包店開幕日，不只季亦楓的小弟們，連季叔叔一家人、段歆、季苡萱高中時的班長陳靖雯，以及許多朋友都前來道賀，街道上頓時擠滿人，幾乎要讓交通癱瘓。

忽然，人群中有道身影落入季亦楓的視線中，對方頂著俐落的平頭，身著整潔的軍裝，看清來人，季亦楓便朝對方敞開雙臂。

「阿軒！」

姜滸軒走上前給曾經的大哥一個擁抱，沉聲開口：「恭喜楓哥！」

「我才要恭喜你！」季亦楓哈哈笑道：「聽苡萱說，彌月蛋糕早早就跟她訂好了，改天我們親自送去給你！」

姜滸軒聞言，笑意漫上嚴肅的臉，低頭應聲道謝。

「孩子的名字取好了嗎？」季亦楓邊說邊招呼他走進店內。

姜滸軒頷首，「我老婆取的，說她的名字過去給她太多憂愁，孩子就叫姜喜樂，希望他未來能開心喜樂的長大。」

季亦楓從妹妹那聽說不少姜滸軒與范攸的事，拍拍他的肩膀說：「你們一路走來也是不容易，如今終於修成正果，確實該充滿喜樂。」

姜滸軒點點頭，一想到老婆和剛出生的孩子，眼底的笑意就藏不住。

姜滸軒環視店內，沒看見熟悉的身影，忍不住詢問身側的季亦楓，「怎麼沒看見苡萱？」

「她呀！在後面準備——」

此時王鑫駿急急忙忙從外頭跑進來，嘴裡還大聲嚷嚷：「不好啦！警察來啦！」

同時，外頭傳來警車的鳴笛聲與吹哨聲，似乎在驅趕占用道路的車輛和人群。

今天是他們大哥新店鋪的開張吉日，小弟們不滿被趕，打算上前和警察議論。

幾個人下警車，爲首的警察穿著筆挺的制服，相當挺拔英俊。跟在他後面的是年紀稍長的男子，姜滸軒一看清對方的面容，低聲向季亦楓說：「署長來了。」

一聽是警政署長親臨，在場的小弟們瞬間慫了，安分地站到一旁。

季亦楓臨危不亂，當年他入獄時，眼前的男子還只是局長。因爲過去從事討債工作，兩人也打過不少照面。

他有禮的開口：「范署長今天怎麼有空光臨小店？」

「聽聞道上的大哥如今金盆洗手改開麵包店，所以特別過來道賀。」范署長掃了眼季亦楓身後的一大群人，續道：「順便維持一下秩序，避免引起混亂。」

季亦楓笑了笑，「既然已經決定洗心革面，就不會給您添亂了。」

說完，他示意身旁的人驅離阻擋街道的道上兄弟們，也趕走擋住車道的違停車輛。

范署長滿意地露出微笑，目光投向季亦楓身側的姜滸軒，「攸攸的身體還好嗎？」他問起外甥女的身體狀況。

「因為還在坐月子就沒有出門，母子都很健康。」姜滸軒對范署長說：「攸攸經常提起您，她很想您，下週的滿月酒請舅舅務必前來。」

范署長頷首，眼中盈滿笑意。他示意身側的警官拿出花籃，對著季亦楓說：「這是我的一點心意，希望你的店生意興隆。」

季亦楓接過花籃，正要開口道謝，視線就與那人一雙沉著的眉眼交會。

「你是我妹妹的——」

「哥！」

季苡萱端著剛出爐的麵包走出廚房，一抬眼，就看見邱于豪和哥哥一人一手提著花籃的畫面。

「怎麼一個人端？就說我們該再請一些人手，不要什麼都自己來呀！」季亦楓注意到季苡萱額間的汗滴，立刻接過妹妹手裡的大盤子。

光買下這個店面、裝潢和開幕，就幾乎花光兄妹倆所有的積蓄。季苡萱看著哥哥眼中的擔憂，只是微微一笑，「我忙得過來！」

忽然有隻大手溫柔地用紙巾拭去她額上的汗珠，季苡萱迎上眼前的年輕警察，嘴角笑意加深，「還以為你不會來了呢！」

她噘起嘴，他早上明明說今天得值班，沒想到會在店面開幕現場看見他，還是穿著警察制服的模樣。

望著他手臂上的臂章，季苡萱的記憶彷彿被拉回到數年前的夏天，那身穿潔淨校服、手上戴著糾察隊臂章的少年。

高中畢業前榜單出爐，最讓人跌破眼睛的有兩件事。

最讓師長和教官頭痛的問題學生季苡萱，竟然在大考考出全校第二名。不過她並沒有選擇市內的第一志願，而是選擇外市的職業學校。

更讓師生們訝異的是，大考成績全校第一的邱于豪，同樣沒有選擇第一志願，而是報考警察大學。儘管師長們輪番遊說，邱于豪心意已決。

邱于豪與季苡萱一起來找方主任，朝他深深一鞠躬，感謝他這段時光的悉心照拂。

「成績是我對家人、對哥哥的交代。」

從前邱于耀爲課業壓力所苦，邱于豪一路走來終於懂了，要一直維持優異的排名，得花上許多心力與精神。

邱于耀離世後，家人對他的成績並不苛求，但邱于豪還是保持在校排前三。似乎這樣要求自己，才覺得離哥哥近一些。

邱于耀在畢業前選擇離開世界，而邱于豪決定在畢業前與哥哥好好道別。

「我哥一直是我的驕傲，在這所學校時我常在想，假如他還在就好了，那麼我放學回家就能跟哥哥說，我在他待過的學校裡發生了哪些事。那些辛苦、難過、歡樂和有趣的日子，我走在他曾經走過的路上……」

邱于豪嘴角帶著淡淡的笑，伸手握住身旁季苡萱的手，續道：「但如今我要向前了。」

方主任看著眼前的少年少女，眼眶泛紅，輕輕頷首。

忘不掉的人就別忘了，他們會一直存在於回憶中，伴著活著的人走向未來。

「去吧！」方主任上前給了他們一個大大的擁抱，「祝福你們，畢業後常回來看看呀！」

季苡萱掌中的大手一緊，她也回握住邱于豪的手，眼中忍不住布上薄薄的水霧。

畢業典禮前一天，放學後糾察隊後輩爲學長姊舉行了簡單的送行會，邱于豪被拉去參加，季苡萱隻身來到舊教學樓，打發等待他的時間。

伴隨著校園裡傳來的朗朗讀書聲，她走到發現邱于耀日記的教室，因爲即將畢業，曾經作爲社辦的教室也已經淨空。

拉了一張空椅坐下，季苡萱望著斜陽灑落的桌角，上頭用美工刀劃下的字跡逐漸變得模糊。

她伸手撫過「無能爲力」四個字，在這裡她發現了邱于耀的日記、發現他充滿甜與苦的求學生涯……

手機傳來震動聲響，季苡萱看了眼，是邱于豪的來電，她馬上自坐椅起身，走出教室。

關上教室門之前，她對著空無一人的教室輕聲說：「學長，謝謝你。」

謝謝你，在人生的最後也沒有停止愛這個世界。

走出舊教學樓，她看見不遠處的白衣少年，漾出笑容朝他快步奔去。

從回憶中拉回思緒，季苡萱握住那隻爲她拭汗的手，眼裡笑意滿溢。

儘管高中畢業後他們在不同的地方求學，但遠距離並沒有讓他們的感情疏遠。如今她回到家鄉開店，而邱于豪也在市內的警局服務，兩人目前正同居中。

「多請個人手，妳別太累了。」邱于豪揉了揉她額前被汗沁溼的細髮，同意季亦楓的話。

季苡萱蹙起眉頭，「可是錢……」

「我出。」邱于豪將她拉入懷中，在她的耳邊低聲道：「我捨不得妳辛苦，還有妳肚子裡面的。」

四周瞬間一片安靜，季亦楓驚愕地張大嘴看著妹妹與邱于豪，一旁的姜澔軒、段歆等人也是驚訝地瞠目結舌。

「我、我原本想今天晚上再跟你說的……」

肯定是驗孕棒被看見了！大庭廣眾下，季苡萱好想挖個洞把自己埋進去。

「妳剛剛還搬麵包出來？快去坐下休息！」

季亦楓回過神，一個箭步上前就要拉妹妹去旁邊椅子坐下。但邱于豪的動作比他更快，直接摟著季苡萱走進店內，無視周遭的鬧騰。

「今天開幕如果我不在場……」

邱于豪帶她到有沙發的房間，讓她坐下來休息，彎下腰對她說：「妳哥在就好了，外面都是他的兄弟，而且還有署長在，不會有事的，妳就放心休息，等等讓段歆進來陪妳。」

他身上還穿著制服，季苡萱知道他不能待在這裡陪自己太久。

看著眼前俊逸的男人，季苡萱嘴角揚起一抹笑，伸手環住他的脖子，將自己的雙唇湊上前。

一吻後，她低聲道：「今天也一樣嗎？」

在她眼中，邱于豪看見了彼此，溫柔地開口：「嗯，比昨天的我更愛妳。」

未來的每一天都愛著你。

——全文完

番外　聖誕節

繽紛的燈在耶誕城中閃爍斑斕，人來人往的熱鬧情景，更是增添節日的氣氛。

季苡萱小小的腦袋左顧右盼，一雙眼眨也不眨，盯著周遭眩目的燈光，五彩絢爛盈滿她的眼眸。

「哥哥，這裡好漂亮！」季苡萱抓著哥哥季亦楓的衣襬，指著不遠處的光廊說道。

「小萱是第一次來耶誕城吧？」見她凡事都很新奇的模樣，季亦楓不禁露出笑容。

耶誕城的人潮眾多，季亦楓低頭叮囑妹妹，「這裡人很多，妳要抓緊喔！」

爸爸過世後，媽媽就四處兼差撫養兄妹倆，剛好耶誕城有份工作的薪資優渥，她便前來應徵。

季亦楓放學後連制服都沒換，就帶著從沒來過耶誕城的妹妹，一起來給媽媽探班，順便帶她四處逛逛。

季亦楓突破重重人牆，終於看見不遠處的攤販，他轉頭對妹妹道：「再往前走就是媽媽上班的攤……」

身後除了一片黑壓壓的人潮，哪還有季苡萱的身影？

季亦楓瞳仁一縮，踮起腳尖朝面前的人群大喊：「季苡萱——」

聖誕造型的薑餅屋吸引了季苡萱的注意力，她拉了拉手裡的衣襬，「哥哥，那個是可以吃的嗎？」

見哥哥沒回應，她加大手勁，朗聲喚道：「哥！」

她循著手裡緊抓的衣襬往上看，一張陌生又俊秀的臉讓季苡萱張大眼。

感覺到一股力量緊抓衣襬，前方的人忽地停下腳步轉頭，一名女孩正睜著無辜的大眼看著自己，眼底滿是驚懼。

「小妹妹，妳是不是認錯人了？」看她一臉錯愕的模樣，少年疑惑地問。

季苡萱眼前的少年，身上穿著跟哥哥雷同的白襯衫制服，身形更加消瘦些，面容俊美得令人捨不得移開眼。

她左看右看，身旁的大批人潮，都不見長得像季亦楓的人。

一股難抑的不安從心中升起，水霧瞬間布滿季苡萱的雙眼，她開口的語調帶著哽咽，「我、我哥哥他……他不見了……」

她隨時會哭出來的模樣，令少年想起家中那個矮小的身影。他從書包裡拿出面紙，彎下腰遞給季苡萱，「我帶妳去找妳的家人好不好？」

季苡萱接過面紙抹去眼角的淚，吸了吸鼻子，「但媽媽說過，不能跟陌生人走……」

聞言，邱于耀心想，眞是個聽話的孩子，跟小豪眞像呢！不過小豪總是一板一眼，小小年紀就這麼固執，長大了該怎麼辦呢？

女孩沒有要跟自己走的意思，邱于耀想了想，便從書包裡拿出筆記本跟筆，問道：「妳把妳和家人的名字告訴我，我去請工作人員幫妳廣播，妳就在薑餅屋旁邊等好嗎？」

季苡萱一聽覺得這辦法不錯，便報上自己、哥哥還有媽媽的名字。

「季、苡、萱……是個好聽的名字呢！」邱于耀寫下她的名字，面帶笑意地說。

少年笑起來的模樣讓季苡萱看走了神，聽他誇讚自己的名字，季苡萱沒來由地紅了雙頰。

見邱于耀收起筆、起身要走，她趕緊伸手拉住他的衣襬。

「大哥哥……」季苡萱剛跟家人走散，心裡滿是不安。

「妳乖乖在這裡等，別亂跑唷！」邱于耀像是想起什麼，從書包裡拿出一個東西，遞到季苡萱手裡。

「這原本是要給我弟弟的，就送給妳吧！」

季苡萱低頭一看，是一個用紙摺的聖誕老公公，模樣小巧精緻，看得出摺紙的人心靈手巧。

她登時雙眼一亮，驚呼：「是聖誕老公公！」

她臉上驚喜的表情，讓邱于耀眼中染上點點笑意，他伸手輕拍季苡萱的頭，溫和地說：「希望妳能順利跟家人會合，祝妳聖誕快樂。」

「大哥哥，謝謝你。」季苡萱捧著手裡的摺紙聖誕老公公，朝邱于耀露出燦爛的笑容，「聖誕節快樂！」

邱于耀轉身離去，眨眼間，他的身影就消失在洶湧的人潮中。季苡萱雖覺得獨留於此周遭陌生得可怕，但低頭看了看手裡的摺紙，從中她獲得了一點勇氣。

不久後，遠處傳來熟悉的呼喚，季苡萱一抬眼，就看見哥哥跟媽媽朝她奔來。

季苡萱撲進媽媽的懷抱，季亦楓伸手輕輕捏了捏她的臉頰，低聲斥責，「不是跟妳說要跟好嗎？轉眼妳就跟丟了！」

季媽媽抱緊季苡萱，拍了拍她的背對著季亦楓說：「人回來就好、平安就好。」

季媽媽身上還穿著工作的制服，從兒子那聽見女兒走丟的消息，立刻將工作託付給同事，和季亦楓到處尋找季苡萱。

一聽見廣播傳來季苡萱和他們的名字，他們便馬上趕到薑餅屋尋人。

「不過妳自己在這等，是誰去幫妳發廣播的？」季媽媽放開季苡萱，牽著她跟季亦楓走到自己上班的攤位。

這次季亦楓緊緊看著妹妹，就怕她又走丟。

季苡萱把遇到少年的事告訴家人，季媽媽聽了拍拍胸口說：「還好妳遇到好心人，如果遇到壞人把妳帶走可就糟糕了！」

季亦楓盯著妹妹手拿的摺紙聖誕老公公，好奇地問，「他有說他叫什麼名字嗎？」

季苡萱搖搖頭，剛剛太緊張了，她忘記問少年的名字。

「想說如果他還沒離開耶誕城，可以好好感謝他的。」季媽媽輕嘆，見女兒很喜歡那個聖誕老公公，面帶笑容地說：「祝那位好心人福壽綿長、身體健康、長命百歲！」

季亦楓一聽失笑，「媽，妳剛沒聽小萱說，對方是年紀跟我差不多的學生，又不是老人家。」

「不管、不管！多虧了他，我們小萱才平平安安。」季媽媽彎腰對季苡萱道：「小萱說是不是呀？」

季苡萱用力點點頭。此時耶誕城中央的聖誕光雕樹發出璀璨的光，伴隨悠揚的聖誕樂曲，立刻吸引眾人的目光，一場光雕秀讓季苡萱與家人看得目不轉睛。

高聳的光雕聖誕樹，頂端星星閃爍，讓季苡萱看得失神，她眞的如少年所說，順利跟家人會合了。

「他會不會其實就是聖誕老公公，來實現我的願望？」

季苡萱的低喃幾乎被樂聲掩蓋，她低頭看了眼手中的摺紙，在心中想著，那少年是不是也在這人群之中，跟她看著同一片美景呢？

番外二
喜歡你

下過雨的夜晚，因爲將近子夜，街道上幾乎沒有行人，每間補習班都已經拉下鐵捲門。

范攸搓著手臂，剛洗完澡的她，打算關上窗戶阻隔冷風吹進租屋處，她看向窗外，數公尺外的不遠處，立著一塊醒目的招牌——菁英補習班。

雖然補習班的招牌還亮著燈，但整棟樓就只有一扇窗透出亮光。范攸望著唯一一扇亮著的窗，良久後才緩緩低下頭嘆了一口氣。

此時，一旁的手機傳來震動聲，她拿過來一看，訊息來自哥哥范暐。

「妳到家了嗎？」

范攸讀著訊息，手指在螢幕上點了幾下。

「到了，剛洗完澡。」

「我今晚不回去了，作業改不完。門窗記得鎖好。」

范攸讀完訊息再次抬頭看向窗外，發現透出光的窗戶已經暗下。不久後，招牌的燈光也熄滅，她眼神中的光芒彷彿也隨之消逝。

「好，你別太累，早點睡，晚安☺」

看見螢幕上的訊息顯示「已讀」，范攸收起手機，正要離開窗邊，卻在回頭之際，瞥見不遠處的街道上有一道熟悉的身影，對方在她發現自己時，速速轉身離去。

她心中沒有一絲恐懼，立刻帶上手機奪門而出、邁步去追，但對方像是打定主意不讓她追上，在街道巷弄裡拐了幾個彎就不見蹤影。

范攸追得氣喘吁吁，最後眞的跑不動了，只能眼睜睜看著那身影消失，她朝著那人的方向，忍不住大喊：「姜澔軒——」

范攸獨自在深夜無人的街道，卻不感到害怕，而是有股難喻的傷感湧上心頭。

她拿出口袋裡的手機，點開與姜澔軒的對話框，最後的訊息停在七個月前。

范攸忽然想起，自他們相遇，至今已經一年了……

✦

那是一個刮起涼風的秋末，范攸站在公車站牌下，捋了捋熨燙平整的制服裙，心想，學校究竟何時才要換季呢？

轉學到新學校已經過了半個月，因爲她的身型嬌小，說話時總是輕輕柔柔，也經常面帶微笑地待人，所以在新環境沒有被排擠，人際關係還不錯。

儘管大家都對她很和善，但范攸還是隱隱地與同儕保持一些距離，譬如現在。

「范攸，妳要回家了嗎？」

有幾名同班同學路過公車站，看見正在等公車的范攸，揮手朝她喊：「要不要跟我們去逛街？」

范攸擺擺手回應，「不了，我還要去補習班上口譯課。」

她的夢想是跟媽媽一樣成爲翻譯官，所以從國中起就積極學習外文。也因爲哥哥是補教講師，她放學總會到補習班報到。

注意到范攸身後背著沉重的書包，同學們對看一眼，難掩失望地說：「妳也太認眞了吧！」

范攸笑了笑，「路上小心，玩得開心呀！」

同學們看她沒有要跟去的意思，只好聳肩，「那下次再一起玩吧！」

范攸帶著笑容和同學們道別，直到看不見他們的身影才斂起笑。此時，她要搭乘的公車，從遠處緩緩駛近靠站。

在公車站排隊準備上車的除了她，還有幾名同校的學生，以及站在她前方，一名身穿黑色帽T的少年。

車門打開，到站的乘客陸續下車，范攸從口袋裡拿出悠遊卡，跟著排隊隊伍依序上車。

這時，有道人影匆匆跑下公車，手裡拿的尖物閃過銳光。

「姜滸軒，你死定了！」

范攸只記得當時自己耳邊傳來此起彼落的尖叫聲和抽氣聲，面前的黑色身影直直朝那尖物而去。她的左肩被推擠的人潮重撞，失去重心摔倒在地，右手傳來「喀喀」

的脆響。

范攸再睜開眼時，那名黑衣少年已經壓制了襲擊的人，周遭圍滿了看熱鬧的人群，也有人拿出手機報警和錄影。

「有種我們來一對一單挑！」被壓在地上的男子還在不斷叫囂。

黑衣少年聽見他的叫嚷僅是冷哼一聲。

范攸注意到黑衣少年十分年輕，似乎與自己年紀差不多。他有著倔傲的臉龐與深邃的五官，是她在這所學校從未看過的陌生面孔。

「妹妹，妳沒事吧？」人群中一名阿姨見范攸遲遲沒有起身，出於關心上前詢問。

范攸這才想起自己還半趴在地，她趕緊撐起身軀，但右手肘傳來的劇痛讓她忍不住驚呼出聲，「啊！我的手……」

她低頭看向手肘，僅是輕輕一動就疼痛無比，她痛得眼淚都流出來，阿姨也被她的反應嚇到了。

此時警笛聲自遠處傳來，警察下車後迅速接手被少年壓制的男子。

「警察先生，能不能幫忙叫救護車？這個妹妹好像受傷了。」熱心的阿姨上前打斷警察和少年的談話，指著一旁的范攸說道。

周遭群眾的目光全落在范攸身上，包括那名黑衣少年。

在和他對上眼時，范攸感覺自己的心跳似乎漏了一拍，被那銳利的目光盯著，她覺得自己就像被老虎鎖定的兔子，片刻無法移開視線。

看著少年和警察一起走向她，范攸忍不住嚥了口口水。

警察問她哪裡不適，范攸有些結巴地回答，「右手完全不能動，還、還有左肩膀也被撞了一下。」

警察頷首，聯絡救護車前來，並叮囑范攸先不要動，等專業的醫療人員到再處理。

范攸的臉因爲疼痛而脹紅，眼角掛著淚珠，楚楚可憐的模樣落入少年的眼底，深邃的眸子暗了暗。

「妳很堅強，再忍耐一下，救護車馬上就來了。」姜湝軒彎下身軀和范攸平視，對著神情呆愣的她低聲道：「對不起。」

范攸眨了眨眼，不明白爲何他要與自己道歉。不等她反應，少年已經起身。

救護車的鳴笛聲遠遠就能聽見。

「姜湝軒，我們局長說要你也跟著去一趟。」警察壓制著男子上警車後，來到姜湝軒面前，指著警車的方向對他說道。

聞言，姜湝軒臉上閃過一絲厭煩，還是冷著張臉跟著警察一起坐上警車。

姜湝軒透過車窗直盯救護車的方向，直到范攸安全上了救護車，車輛鳴笛駛離，才收回目光。

范攸向學校請了一週的假，才打著三角巾去上學。

范暐載范攸來學校時，看著妹妹略微蒼白的臉色，思緒不自覺地飄走。

那天，他原本在補習班上課，忽然接到醫院來電，通知他范攸在急診室，右手肘有骨裂的情況。醫生說，要復原需要一段時間。

他希望妹妹可以多休息，不過再過一個禮拜就要期中考，范攸堅持要到學校上學，憂心會跟不上進度。

「攸攸，妳的身體還好嗎？要不要多請幾天假，功課之後再補回——」

「不用擔心，我沒事的！」范攸搖搖頭，下意識拒絕范暐的好意。

她用左手背起書包，準備要下車。

「放學我再來接妳？」范暐問道。

范攸打開車門，側首婉拒，「你今天還有課要上，我自己搭公車去補習班就好。」

說完，范攸不等哥哥回應就邁步下車，彷彿想逃離與范暐獨處，加快腳步朝校門口走去。

在她正要進校門時，手機傳來通知聲，忘記關掉通知提示音的她，頓時惹來校門口一群學生與糾察隊的注目。

「同學，進校園手機要關機。」

爲首的是糾察隊隊長邱于豪，他手拿違規登記簿，正讓頂著一頭挑染的同學留下學號、班級和姓名。

「不、不好意思……我馬上關機！」范攸趕忙拿出手機瞄一眼，確認了訊息是來自哥哥，迅速地按下關機。在螢幕逐漸暗下後，才稍微鬆了口氣。

邱于豪見她乖順地將手機關機，點了點頭要放范攸進校，一抹桃色卻搶先一步跨入校門。

「季苡萱！」

邱于豪立刻認出那道身影，皺起眉頭朝背影高喊。少女沒有停下腳步反而加快步伐跑進校園。看著寬大外套上的惹眼虎頭逐漸消失在遠處，邱于豪立即闔上登記簿，追著那道身影而去。

「隊長、隊長！」糾察隊員見狀睜著大眼面面相覷，心中糾結是否要追上。

范攸轉學來半個月了，每當同班同學們說起校園裡的風雲人物，定然少不了季苡萱。

聽說她國中時成績優異，卻因爲家逢巨變，彷彿是變了個人，連師長都替她感到惋惜。

「能做自己也挺好的。」范攸對著季苡萱離去的方向低喃。

因爲父母早逝，她和范暐自小相依爲命，爸爸生前的好友施伯伯和施伯母看兄妹倆可憐便收養他們。

范暐和施家的女兒從小就訂了婚約，不過在幾年前已經解除了。當時范暐因爲單方面悔婚，在施家門口跪了三天，甚至連下大雨都沒有躲避。

最後，施伯母不忍心讓范暐受苦，扶起范暐，表示儘管兩家無緣成爲眞正的家人，但她一直把他們兄妹當作自己的親生孩子。

事情發生之後，范攸自覺無顏再住在施家，雖然施伯母極力挽留，仍是跟著哥哥一起搬出去。

「我跟施姊姊一輩子都不會原諒你。」

還記得走出施家時，范攸對范暐這麼說道。她從小就是聽話乖順的孩子，連句重話都不曾對哥哥說，第一次這般逆反。

她看著施姊姊愛慕哥哥多年，在范攸的心裡，他們走在一起的身影美得像童話，她一直相信兩人會幸福地步入禮堂。

然而這個童話般的美好信念，在她看見范暐和一位男同學在補習班接吻的同時，像顆泡泡瞬間破滅。

她沒有想過，自己的「多嘴」，成為一連串悲劇的導火線……

✦

「范攸，妳今天要去補習班嗎？」

聞言，范攸點了點頭。

放學鐘聲響起，范攸單手收拾書包準備離開學校，走出校門時，卻被一名男同學喊住。

「妳手受傷了不方便，要不，我幫妳拿書包吧？」

男同學滿臉堆笑地問她，范攸本想婉拒對方，但對方已經伸出手想拿過她的書包。

「我……」

「不必麻煩了。」

清冷的嗓音傳入兩人耳裡，一隻大手越過范攸與男同學之間，取過沉甸甸的書包。

范攸抬眼朝來人看去，是那天在公車站被襲擊的少年。他拿著自己的書包，似乎因爲意想不到的重量而輕輕皺了下眉頭。

這女人的書包裡裝的是石頭嗎？姜澼軒低頭看了眼被書包背帶勒紅的手心，不禁眼角一抽。

「你、你怎麼在這？」范攸問道。

姜澼軒身上穿的校服並不是他們學校的制服，而是一間以「混混多」出名的學校。他出現在這裡，引來不少周遭學生的注視。

不遠處似乎還有幾個和姜澼軒穿著一樣制服的人，他們的目光都聚焦在范攸的身上，顯然是跟著姜澼軒一起過來的。

「等妳。」拎過她的書包背在身後，姜澼軒挑眉看著眼前瞠大眼望著自己的少女。

身材嬌小的范攸連他的下巴都不到，被那雙宛如白兔般的大眼盯著，想照顧她的念頭自心底升起。

姜湋軒眼神瞥向一旁的男同學，對方被他目光裡的殺氣所震懾，立刻退開數步，找了個藉口說要離開就快步跑了。

見狀，姜湋軒滿意地揚起笑容，看向范攸說道：「妳要去搭車嗎？」

「對，請你把書包還給我。」范攸低頭瞄了眼腕上的錶，距離補習班上課的時間越來越近了。

姜湋軒一副不容拒絕的態度，「妳的手受傷了，我陪妳過去。」

范攸輕皺了下眉頭，「我們又不認識！」

「我叫姜湋軒，妳的手……」姜湋軒指著她打著三角巾的手，「是因爲我受傷的，我要對妳負責。」

況且他蹲點在校門口，等了整整一個禮拜，才終於等到這丫頭來上學，怎麼能讓她跑掉？

他的話讓范攸無法反駁，公車上的那名男子確實是要襲擊姜湋軒，她是受到波及才受傷。

即使如此，范攸不喜歡麻煩別人。她從小就寄人籬下，哥哥最常對她說的話就是「不要麻煩別人」。

她還是向姜湋軒伸出手，愼重地說：「受傷是我的事，你不用負什麼責任，現在請你把書包還給我。」

見她的態度如此堅持，姜湋軒也不再爲難她，把重沉沉的書包放回她的手裡。

「謝謝。」范攸下意識地道謝，說完就有點後悔，明明是姜湋軒不可理喻拿走她的書包，她爲什麼還要跟他道謝？

她趕緊轉身往公車站走去，不久，小小的身影就淹沒在公車站的人群中。

與姜澔軒一起前來的同伴見狀，小心翼翼地觀察姜澔軒的臉色，走上前低聲問，「姜哥，您都說要陪她一起去搭車了，這女人還這麼不賞臉，要不要我去把她逮回來？」

聞言，姜澔軒目光沉了沉，僅是一瞬間，就讓身旁的人打了寒顫。

「不准動她。」姜澔軒如鷹般銳利的眼掃過所有人，沉聲道：「你們誰都一樣。」

語畢，他將目光投向正駛離站牌的公車，森冷的眼神中隱隱增添了一絲溫度。

往後姜澔軒幾乎天天都來等范攸下課，有時甚至連體育課都能看到他現身在操場旁的圍牆外，然後又被教官和老師趕走。

因此范攸成了同學們注目的對象，也收到不少師長的關切。

「范同學，可以請妳那位校外『朋友』，上課時間不要再來學校了嗎？」追不上姜澔軒的教官氣喘吁吁地走回來對范攸說。

平時追季苡萱就算了，現在又來一個校外混混，分明是折騰他這把老骨頭！

范攸低著頭，心想她和姜澔軒也稱不上是朋友，她只知道姜澔軒是他校的混混老大，蹺課對他來說似乎是家常便飯，而且他身上有時會有看起來是打架弄出來的小傷，以及……他總是跟在她身後，像甩也甩不開的黏皮糖。

這幾天，放學時姜澔軒總是逕自拿過她的書包走向公車站，范攸只能跟在他的後面，無論怎麼喊、怎麼拉都沒效。

並且他每次來學校身後總是跟著人，就像電視劇演的黑社會老大，帶著一群凶神惡煞的小弟，范攸經常被嚇得冷汗直流。

這天放學，范攸在姜湁軒走來接過她的書包前，就板著臉直直走向他。

見以往出校門總是恨不得把自己藏進地裡的少女主動走向自己，姜湁軒的眉眼染上點點笑意。

「妳……」

「姜湁軒，我們談談好嗎？」

頂著眾人的注視，范攸把話說出口時，整張臉都是脹紅的。

姜湁軒愣了愣，隨即頷首，邁步跟著范攸朝一旁走去，並示意周遭的小弟們不要跟上來。

「難道那小矮子真的被姜哥打動，要跟他告白了？」

「不虧是姜哥，追女孩子也沒這麼難嘛！」

「你們在說什麼啊！那女人從頭到尾究竟哪裡配得上阿軒？」

小弟們你一言我一語地討論著，忽地，一道女聲打斷了他們。

林媛冷著一張臉，寒冽的目光直盯姜湁軒與范攸離開的方向。

「真是越看越不順眼……」

林媛眼底閃過一道銳光，準備跟上，卻被一抹桃色阻攔。

「妳說看誰不順眼？」

惹眼的桃紅色落入林媛的視線，看清對方的面容後，林媛的臉色又比剛才更難看了些。

「季苡萱，妳擋著我幹嘛？」

周遭的小弟們看到季苡萱，都擺出恭敬的態度。

林媛很討厭季苡萱，要不是她哥哥曾經是這一帶的老大，又是姜滸軒崇敬的對象，大家哪會給她好臉色？

除了季苡萱的身分，姜滸軒對她的態度，讓林媛更加反感。

聽說季苡萱的哥哥從前對姜滸軒有恩，所以姜滸軒對待她可以說是縱容與寵溺。

但旁人看來，有時候姜滸軒的舉動又不僅是「稱兄道妹」之情。

因此，喜歡姜滸軒的林媛難以打從心裡喜歡季苡萱，向來也對她沒好臉色。

「人行道就這麼大，你們這麼多人堵在這，難道我要站在馬路上嗎？」

季苡萱睨了她一眼，林媛對她的厭惡毫不掩飾，她也不會假惺惺地討好對方。況且先前碰巧聽見林媛想對姜滸軒下藥，這讓季苡萱對她的印象差到谷底。

剛才她一出校門就看見姜滸軒跟著一個女孩走，雖然她也很好奇對方的身分，但注意到林媛一副要去打擾人家的樣子，她便忍不住上前阻擋。

「妳……」論身手林媛自然打不過學過防身術的季苡萱，只能瞠大眼瞪著她。

「我什麼我？」季苡萱正想打發她離開，一道熟悉的呼喚正巧傳來。

「季苡萱，原來妳在這。」

邱于豪的嗓音傳進耳中，季苡萱感覺耳朵有些麻癢，她深吸一口氣故作鎮定，回頭朝邱于豪揮揮手。

「糾察隊長呀！找我有什麼事嗎？」

邱于豪的視線掃過一旁的人群，對季苡萱說：「放學就趕快回家，不要跟校外人士逗留到太晚。」

季苡萱抽了抽嘴角，這傢伙是住海邊嗎？管眞寬！再說，這些人都是姜澔軒帶來的！

「如果沒什麼事，那我要走了。」季苡萱心想天色還早，不如去小紅的髮廊，晚一點點再回家。

她朝邱于豪聳了聳肩，「邱隊長再見啦！」

她還沒邁開腳步，手腕就被邱于豪拉住，季苡萱驚訝地看著離她只有幾公分近的俊顏，心跳忍不住加快。

「但我有事找妳，妳是不是忘記今天約好要去補習班了？」說完，邱于豪拉著她往街上的方向走。

聞言，季苡萱沉默，她確實忘記了！

手腕上的大掌強而有力的握住她，以往她肯定會甩開，但看著走在她前方的少年背影，她這次沒有抽回自己的手，而是任他拉著前行。

姜澔軒一回來，就看見季苡萱被帶走，正猶豫著要不要上前一問究竟，林媛卻攔下他。

「阿軒，你剛去哪了？」

其實林媛更想問的是「范攸呢？」這兩人明明是一起離開的，怎麼只有姜滸軒回來？雖然她很希望范攸不要再出現了，但是姜滸軒的臉色看起來不太好，即使她想問也不好開口。

「不關妳的事。」姜滸軒冷淡地回應她，隨後對一旁的小弟們說：「走，去阿坤哥那。」

「姜哥怎麼突然要找阿坤哥？」小弟們面面相覷。

姜滸軒跟阿坤在當地都有舉足輕重的地位，兩人的手下皆相當多，資訊也互相流通。

通常都是阿坤找上姜滸軒，他鮮少主動去找阿坤。

「嗯，有些事想問他。」

姜滸軒深邃的眸底閃過一絲異樣，他拿出手機解開螢幕鎖，上頭顯示著剛新增的聯絡人——范攸。

✦

如果說范攸對周遭的人都帶著禮貌與淡淡的疏離，她對范暐就是刻意保持距離。因為幾年前的悔婚事件，她的心中對哥哥一直存有疙瘩，這彷彿成了兩人心裡的檻，而范攸始終沒有勇氣跨過。

這天，補習班放學後，范攸準備離開，一出大門就看見范暐捧著一杯熱飲在外面等她。

「攸攸，妳下課了呀！」

范暐已經朝著自己走來，范攸無處可閃，也不能掉頭回補習班，只好硬著頭皮上前。

「你今天沒有課嗎？」平常這時間范暐應該還在補習班教課，范攸有些驚訝他會出現在這。

「被主任調課了。」范暐遞上熱飲，「我記得妳生理期是這幾天來，喝點熱的暖暖身體。」從青春期開始，范暐就記著她的生理期週期。

范攸有時候覺得哥哥比她更了解自己的身體，以前哥哥的照顧讓她感到很貼心，然而，搬出施家後，她心裡有道過不去的檻，這種貼心也成了壓力。

「謝謝。」她看了眼手中的熱可可對范暐道謝，但沒有立刻享用。熱可可暖暖的溫度，緩緩透過杯壁傳到她的手心。

她疏離的態度並未讓范暐退縮，只因眼前的她是他在世上唯一的親人。

「晚餐吃過了嗎？如果還沒有，要不我們——」

「范攸！」一道嗓音打斷范暐的話，兩人同時抬起頭，姜滸軒喘著氣站在前方，似乎是一路跑來。

「他是誰？」瞥了眼范攸跟前的男子，姜滸軒立刻走上前，臉色比夜空還黑。

范暐注意到對方面帶凶色，似乎不是個好惹的對象，便詢問范攸，「攸攸，他是？」

「謝謝你來找我，但我跟他有約。」范攸越過哥哥走向姜滸軒，「姜滸軒，我們走吧！」

說完，她伸出空著的手，把姜滸軒帶離補習班門口，留下范暐愣在原地。

范攸走得很快，沒過幾條街就氣喘如牛，看起來比姜滸軒剛剛跑來時還喘。

走了一會，姜滸軒忽然煞住腳，讓原本走在他前面的范攸一個趔趄險些栽倒，好在姜滸軒大手將她一拉帶進懷裡。

人沒事，不過范攸手裡的熱可可就沒這麼幸運了，倒在姜滸軒的袖子上，留下顯眼的痕跡。

「你的衣服髒了！」

范攸驚呼，想從書包拿衛生紙替他擦拭，而姜滸軒卻像沒事人一樣，他放開范攸，叮囑她道：「在這裡等我。」

他轉身走進超商，似乎在貨架上取了什麼，然後走到櫃台結帳。

超商門口的音樂響起，姜滸軒拿著一瓶鋁罐朝她走來。

他伸手拿過那杯倒了半杯的熱可可，丟進垃圾桶，再把新買的熱阿華田塞進范攸的手裡。

「不要喝別的男人的東西。」姜滸軒低聲說。

范攸愣了愣，不久，嘴角忍不住揚起弧度。

「妳笑什麼？」

這是姜滸軒第一次看見范攸對自己笑。她以前看到自己時，不是一臉錯愕就是懼怕，也時常會有拿他沒轍的惱怒情緒，但笑容卻是頭次見到。

她笑起來眞好看，就跟他這些日子夢了數十次一樣的美。

范攸抿抿唇，打開溫熱的阿華田，熱氣蒸騰往開口冒出。

「剛剛那個人是我哥哥。」

她說完啜了一口阿華田，餘光瞥見姜滸軒瞬間變得僵硬的神情，她笑瞇了眼。

姜滸軒驚訝過後露出懊惱的神色，那他剛剛豈不是在大舅子面前要帶走范攸，肯定會給他留下壞印象！

「……之後有機會，我一定會跟妳哥道歉。」姜滸軒態度誠懇。

范攸喝了整整半罐阿華田才停下，感覺下腹的悶脹感似乎沒這麼強烈了。

她開口回應，「沒關係，我也沒跟我哥介紹『朋友』。」

她的話讓姜滸軒想起，前幾天范攸單獨找他談話——

「妳要跟我談什麼？」

見離那群小弟已經夠遠了，姜滸軒出聲讓范攸停下腳步。

范攸轉過身，身高不到姜滸軒下巴的她，需要微微仰頭才能看清他的表情。

「我們當朋友吧！」

沒想到她會這麼說，姜滸軒愣了好一會兒才回神，還是不相信先前總是對他避之唯恐不及的范攸，竟然會提出這樣的要求。

他伸出手臂，啞聲說：「妳打我一下，不然我會以爲自己在做夢。」

范攸明白他驚訝的原因。

先前她確實不想跟姜滸軒扯上關係，但經過這些日子的觀察和相處，他似乎不像外表這麼凶，雖然跟小弟們說話時不太文雅，但她曾親眼看過姜滸軒替受傷的小弟包紮。

陪她搭公車前往補習班時，姜滸軒看到孕婦或年紀大的長輩，都會主動讓座給對方，而不像許多人低頭滑手機，甚至是戴耳機裝睡。

諸多次的觀察，令范攸覺得眼前的少年應該不是什麼壞人……

只不過這都是她單方面的觀點，她之前對姜滸軒總是下意識地排斥與抗拒，沒有眞正想認識他。

她在姜滸軒的手臂上捏了一下，力道不重就像蚊子咬，卻讓姜滸軒笑得很燦爛。

「爲什麼突然願意跟我當朋友？」

其實姜滸軒想說的是，「如果妳願意當我的女朋友就更好了」，但這麼說肯定會嚇跑眼前的少女。

「因爲……」范攸垂眸，良久才低聲續道：「我想請你幫個忙。」

當她的眼對上姜滸軒那雙深邃如潭的眸時，范攸藏在心中多年的苦澀，就如同丟進開水裡的茶包逐漸蔓延開。

「我想請你幫我打聽一個叫邱于耀的學生。」

聞言，姜滸軒眼中閃過一絲驚詫，季苡萱也在打聽同一位！

在姜滸軒陷入沉思時，范攸低聲說：「如果我說，我曾經因爲一個舉動，讓一條生命逝去……姜澣軒，你還會想跟我做朋友嗎？」

因爲范攸補習的時間就快到了，姜澣軒來不及詢問更多，兩人因此交換了聯絡方式。

兩人並肩坐在超商外的椅子上。范攸手裡的阿華田還有半罐，姜澣軒伸手取走喝了一口。

范攸來不及阻止他，只能脹紅著臉瞪他。

姜澣軒眉眼都染著笑意，對她說道：「妳託我打聽的事已經辦好了，不過，上次妳說的生命逝去是什麼意思？」

聞言，范攸臉上的紅逐漸褪去，剩下淡淡的蒼白。

「我爸媽很早就過世了，是爸爸的朋友領養我和哥哥……」

談起哥哥和施姊姊的婚約，范攸輕嘆了口氣，她又何嘗看不出是施姊姊一廂情願單戀哥哥？但哥哥對施姊姊好，也僅是因爲報答施家的撫養之恩。

她和哥哥從小就想著，長大後一定要好好報答施家，只是他們報答恩情的方式不同。范攸報答的方式，就是第一時間將自己第一次在校拿到的成績優良獎學金交給施伯母，儘管對方沒有收下。

「我哥喜歡上自己的學生。在知道這件事之前，我已經見過他幾次。」

那名少年有張乾淨溫和的面容，說話時謙和有禮。范攸看到邱于耀的第一眼，就覺得他跟哥哥很像，都是文質彬彬的模樣。

即使如此，當她目睹哥哥和邱于耀吻在一起，仍是無法接受。

「我之前的學校，有幾位同學也是同性戀，和他們相處就跟普通朋友一樣，只是……這件事發生在自己的親人身上，尤其我哥又有婚約……」范攸懊悔地握緊放在膝蓋上的手。

范攸低落的模樣落入姜滸軒的眼底，沉聲問，「所以妳當時做了什麼？」

「當時，我哥在帶補習班的衝刺班，我跟施姊姊說了我哥的事情後，在衝刺班最後一次上課的那天，我支開哥哥，讓施姊姊和那位大哥哥見面。」

施姊姊請邱于耀離開有婚約在身的范暐。她說，范家兄妹自小就在施家的照顧下長大，兩人的婚約不只因爲她的情感，也是范爸爸的遺願，希望他們倆能結爲連理。

邱于耀的神情范攸至今都還記得，他似乎眞的不知道范暐有婚約，聽完只是點點頭說他知道了，很抱歉造成施姊姊與他們的困擾。

沒過幾天，在大考放榜隔天，她聽說邱于耀自殺了，而哥哥仍堅持和施家解除婚約。

范攸內心的愧疚感幾乎要將她吞沒，她想，如果當初沒有讓施姊姊和邱于耀見面，他會不會就能活下來？

邱于耀過世的一年後，范攸接到一通電話，說范暐在外喝酒，還醉得不省人事。她趕到現場，范暐拉著她的手對她說：「不是妳造成的，是我沒有處理好，沒有提早發現他的求救，更沒來得及好好告訴他……」

後面的字句消失在范暐的低喃，雖然范攸聽不清，也明白哥哥對邱于耀的死相當自責。

從那天起，她更不知道如何面對哥哥，儘管隔天范暐酒醒之後，仍然對她一如既往的溫柔。

冰涼的手在膝蓋上握緊成拳，忽地，一隻溫熱的大手覆上了她，范攸抬頭看向身旁的姜滸軒。

「是生是死都是一個人的選擇，妳無權替他下決定，更不能一輩子都活在內疚裡。」姜滸軒用另外一隻手輕拍范攸的頭。

「而且正如妳哥所說，邱于耀會自殺跟妳關係不大，他們的感情只是壓垮他情緒的最後一根稻草。」

姜滸軒拿出手機，亮出校園霸凌的畫面，而被一群人毒打的對象……正是邱于耀。

范攸的神情是藏不住的驚訝，姜滸軒淡淡地接著說：「霸凌他的人我認識，也親自跟他確認過了。」

幾年前就聽過阿坤學生時期的荒唐囂張事蹟，只因爲自己喜歡的對象喜歡別人便欺負對方，簡直幼稚至極。

不過提起邱于耀時，阿坤的表情又驚又懼，想來當時的事對他的打擊也不小。

「霸凌、感情，再來就是課業了。」姜滸軒瞇起眼，「邱于耀真正想念的第一志願不是醫學系，而是藝術設計。」這件事他也是從阿坤那聽說的。

邱于耀的志願表被撕成片狀丟在垃圾桶，不過不是阿坤做的，他只是去垃圾場抽莯時碰巧發現。

「因爲他的壓力已經到達極限，才做出這樣的選擇。」姜澣軒收回搭在范攸頭上的手，替她抹去頰上的淚水。

「當一個人放棄自救，就算所有人都向他伸手，也救不了已經心死的他。」范攸的眼淚淌下，回想自己與邱于耀的初次見面，那挺直的腰桿和自信的眉眼，以及他站在哥哥身旁時露出的笑容。

「我們不能讓時間倒退，但可以讓悲劇不再重演。」

姜澣軒的話在范攸腦中縈繞，久久不去。

他送范攸回家，在分別前，他對范攸說：「妳之前問我，這樣還願不願意把妳當朋友，我現在可以回答妳。」

姜澣軒向前一步，將范攸擁入懷中，隨即放開了她，一字一句地說：「我不只想跟妳當朋友，還想要妳當我的女朋友。」

范攸張大眼看著他，「我……」

「我就當妳答應了。」說完，姜澣軒俯下身在她的臉頰上輕輕一吻，「晚安！」

偷香得逞的他立刻轉身離去，范攸只來得及看見他發紅的耳朵。她站在家門口，久久反應不過來。

✦

突然的和姜滸軒開始交往，范攸感覺有些不真實，甚至不知道自己是不是真的喜歡他。

姜滸軒依然每天都來找她，只不過，在范攸的堅持下，他不會在上課時間蹺課出現，而是放學後在校門口等她，兩人也算度過一小段平靜的浪漫時光。

范攸在補習班下課時接到姜滸軒的電話。原本兩人約好了要去看電影，不過姜滸軒有急事臨時走不開，因此要范攸先去電影院等他。

「好……那待會見。」

范攸想著要不要順路先買點吃的，卻被兩名高大的黑衣男攔住。

「林媛，她就是范攸？」

范攸聽到他們的對話愣了愣，還來不及出聲回應，就聽到兩名男子身後傳來一道微尖的女聲，「對，就是她，姜滸軒的女朋友！」

循聲看去，是一張稱得上精緻的容顏。范攸對這張臉有印象，她過去常常跟在姜滸軒身後，不過在姜滸軒正式跟小弟們介紹女友范攸後，就鮮少看見她了。

沒想到會在這裡遇上她，還帶了兩名模樣凶惡的人。

「你、你們有什麼事嗎？」

「我們老大想找妳去喝杯茶！」其中一名大漢說道。

「如果我拒絕呢？」

范攸說完立刻拿起手機想報警，此時林媛一把拍掉她手裡的手機，朝另外兩人低喝：「和她囉嗦什麼？趕快帶走！」

話音剛落，范攸就被摀住嘴並扛起扔上車，她驚恐地想放聲大叫，但嘴被緊緊地堵住，使她半點聲音都發不出來。

她心中的警鈴大作，姜湣軒的身影不自覺地在腦海浮現，范攸在心裡暗自祈禱，希望他能夠前來救自己。

然而，當范攸被帶到刀疤哥面前，心頓時涼了半截。

「這小姑娘就是姜湣軒最近的新歡？」

在旁的林媛點點頭，刀疤哥見狀心情大好地哈哈大笑。

「把她帶到一旁看好了，老子要看看姜湣軒究竟有多少能耐。布了這麼多年的局，這小子都沒上勾，這次多虧了這丫頭，老子終於可以報毀容之仇了！」

范攸心尖一抽，心想對方是因爲姜湣軒才綁走自己，而她現在危險的處境，肯定也會讓姜湣軒陷入爲難。

她努力想掙脫身上的繩索，但她掙得滿身大汗還是解不開。

不知過了多久，外頭傳來一陣騷動，范攸期待地看向門外，只見一頭黑髮的季苡萱被人領進來。她眼中藏不住失落，季苡萱見狀扯了扯嘴角。

范攸再次試圖掙開束縛，即使在季苡萱與刀疤哥談話的過程中，也不放棄嘗試。而季苡萱將她護在身後，更是讓范攸既感動又感謝。

這時，外頭再次傳來吵鬧聲，警察終於來了，范攸鬆了一口氣，季苡萱伸手拉起她。

「謝、謝謝。」恢復自由的范攸立刻向季苡萱道謝。精疲力盡的她，連站穩都很吃力。

「范攸，妳站穩，摔倒我可不扶妳。」季苡萱對范攸說道。

季苡萱注意到林媛正逼近她們，還想朝她們揮拳，迅速抓住林媛的手，給了她一記過肩摔，林媛痛得在地上爬不起身。

季苡萱的出手相助，使范攸對她的印象更好了幾分。她和姜滸軒一樣都是好人，相處後會發現沒有像外表看起來這麼難親近。

「范攸！」

門口傳來熟悉的呼喚聲，姜滸軒帶著傷出現在范攸的視線中，她彷彿忘了全身的疼痛，邁步朝他奔去投入那溫熱的環抱。范攸第一次害怕得全身都在發抖。

「沒事了、沒事了。」姜滸軒以爲她是被刀疤哥一夥人嚇到，輕柔地拍了拍她的背。

感覺到胸膛一片溼潤，姜滸軒心一沉，並在心裡做了一個決定。

范攸抬頭對懷中有些僵硬的姜滸軒說：「我、我以爲……又會因爲我而失去一個人。」

他臉上的傷口冒血，已經凝固在頰上成了漬，狼狽的模樣一點都不像總是意氣風發的姜滸軒。即使如此，范攸還是打從心裡感激他的出現，要不然她肯定會被愧疚感吞噬殆盡。

「范攸！」

聽到一道低沉的嗓音，范攸馬上認出聲音的主人，在姜滸軒的攙扶下走出鐵皮屋，一見到警察局長，立刻出聲喊：「舅舅！」

一聲呼喚把在場大部分的人都喊懵了，刀疤哥也沒料到自己踢了一塊大鐵板，沒了剛剛囂張的氣焰，整個人像洩了氣的皮球，垂著頭被逮捕上車。

姜湉軒帶著范攸到局長身旁，局長對她說：「讓妳受苦了，妳哥哥也很擔心妳，我叫他先到局裡等，你們待會就能相見了。」

范攸感激地向舅舅道謝。上警車前，她回頭看了看站在不遠處的姜湉軒，轉頭問舅舅，「他能跟我一起嗎？」

局長面色一沉，輕輕搖頭，「我有吩咐其他人，姜同學會搭別輛車，妳別擔心。」

聞言，范攸只好點點頭。她瞥見不遠處邱于豪和季苡萱的身影，將邱于豪擁著季苡萱入懷的畫面盡收眼底，眉眼染上一點笑意。

她上了警車，在車上朝姜湉軒揮了揮手，用唇語對他說：等你。

車外的姜湉軒也向她揮手，直到警車駛離後，范攸才收回目光。

她當時不知道，這是她最後一次見到姜湉軒。

范攸在范暐的陪同下走出警局。

范暐說要去把車開過來，載她回去休息，這時，范攸出聲喊住哥哥。

「哥，對不起。」她看著眼前對她總是疼愛包容的范暐，「我知道大哥哥的事情一直是你不願意回想的痛，過了這麼多年……對不起，我之前不該對你說『永遠不原諒你』這種幼稚又不理智的話，還總是忽視或拒絕你對我的好。我希望哥哥能被這個世界善待，也希望你能慢慢走出來！」

看著眼前的妹妹哭成淚人兒，范暐多年來壓抑在心中的酸楚升騰，他抬手抹臉，摸到一掌的溼潤。

在補習班授課時，他時常將一些學生看成那名少年，但甩甩頭定睛一看，卻都不是邱于耀。

是呀！他該試著放過自己，慢慢向前走了……

「攸攸，人生還有許多不同的選擇，只要妳願意相信，未來我們都會越來越好的。」

說完，他交代妹妹在警局門口等他，拭去臉上的淚水，轉身去取車。

范攸擤了擤鼻子，此時口袋的手機傳來震動聲響，她想應該是姜湁軒的訊息。她開心地拿起手機，讀了螢幕上的訊息後，整個人像靈魂被抽去般呆站在地。

「分手吧！以後別聯絡了。」

如同他們突然地開始交往，分手宣言突如其來，讓范攸措手不及。

然而，不論范攸怎麼聯繫，姜湁軒彷彿人間蒸發，范攸只好找上季苡萱。

在季苡萱的幫助下，范攸得到了姜湁軒所在的地址，她請假奔出校園，一路朝著目的地狂奔。

但最後她只見到姜湁軒的小弟。

「姜哥入伍了，我也不知道他何時休假，不過他交代，如果妳找來……就說他不想見妳。」

小弟看范攸一副要哭出來的表情，趕忙說道：「這次妳被綁架，姜哥覺得都是因爲他，他不想再給妳帶來麻煩，所以才——」

「他才不是麻煩！」范攸摀著發疼的心口，對小弟說：「是我太晚告訴他了……」

回想從認識到交往，范攸至今都沒有告訴他，其實自己在第一次見面時，就被姜澔軒吸引了。

這份喜歡的心意她一直不敢主動說出口，就連默許兩人的交往關係後，也沒有親口對姜澔軒說「我喜歡你」。

直到現在，他從她的生命中抽離，她才對哥哥多年來的心情感同身受——原來離開心愛的人，心臟會這麼疼痛！

眼前的范攸泣不成聲，小弟不忍地說：「姜哥沒說他什麼時候會回來，但我相信他總有一天會回來的。」

大家即使不說也都看在眼裡，姜澔軒是如此地喜歡這個女孩子呀！

范攸失落地離開，在季苡萱等人的陪伴下，花了幾個月才重新振作。她也下定決心，既然姜澔軒決定不和她聯絡，那她就一直等他！

七個月一晃而過，范攸成爲備考生，每天都補習到很晚才回家。

現在她和范暐同住在菁英補習班附近的租屋處，范暐依舊很忙碌，有時備課到太晚，會直接在補習班過夜，總是不忘叮囑妹妹把門窗關好、注意安全。

這天，范攸在窗邊看見熟悉的身影，她想也不想便奪門而出，但對方像是打定主意不讓她追到似的，轉眼就沒了身影。

范攸跑得急，在地上摔了一跤，膝蓋跟手掌都破皮流血了，她痛得雙眼泛淚，但皮肉疼痛遠不及心中的痛。

一抹黑影從頭頂籠罩住她，她全身顫抖，懼怕地轉過頭，視線對上一雙她再熟悉不過的眉眼。

他的頭髮剃得很短，皮膚也曬黑許多，唯一不變的，是他那張帶著傲氣的臉龐，以及深邃如潭的眼眸。

姜滸軒扶起范攸，下一秒，范攸直直撞進他懷裡，緊緊抱住他的腰，彷彿怕他下一秒就會消失。

「攸攸，妳勒疼我了。」雖然張口就是一句抱怨，但姜滸軒的語氣卻充滿寵溺。

「會痛才不是夢！」范攸抬起頭看著眼前的姜滸軒，內心的喜悅讓她忘了手腳的疼痛。

真的不是夢吧？姜滸軒回來了！

從她困惑的表情就能猜到她的想法，姜滸軒輕嘆了口氣，低聲說：「不是夢，我回來了。」

范攸眨了眨眼，淚水從臉頰淌過，最後落在姜滸軒的手臂上。

是燙的，燙得令他心疼。

他抬手抹去范攸臉上的淚水，低下頭，在她眼角輕輕落下一吻。

「以後我不會再讓妳流淚了，所以別哭了？」

聞言，范攸眉眼染上點點笑意，她揚起嘴角，在姜湝軒低頭俯身時湊上自己的唇。

「我喜歡你。」

她在七個月前就下了決定，再次相見時，她一定要告訴他，以前、現在還有未來的每一天，她都喜歡他！

後記
如果緣分只到遇見

大家好，我是綰昕。

首先，謝謝你願意購買這本書，距離上次寫在故事之後的話語，轉眼已經過去許多年了。

這段時間可以讓一個牙牙學語的寶寶，長大成會跑、會跳、準備上學的孩子。在圖書館閱讀《紙玫瑰》哭紅鼻子的你，現在是不是也進入人生的新篇章了呢？

謝謝一路走來陪伴與支持的讀者，以及初次在這個故事相逢的你，遇見即是緣分，當初想寫這個故事，是希望能夠將這相逢的緣分延續下去。

儘管故事中的女主角季苡萱看起來總是倔傲叛逆，她依然對未來充滿憧憬與嚮往，就像她希望能和父親一樣開烘焙坊的夢想，不會因爲現實的打擊澆滅，而是一直放在心裡，終有一天去實現！

這份情感與男主角邱于豪是相同的，兩人的相遇雖然互看不順眼，但他們在彼此身上，看見自己長久以來試圖忽視、對夢想的那份堅持。

在提筆寫下這個故事之前，我的另一半（以下就稱「太太」，這是我們之間的暱稱）工作上的主管因為腦中風突然離世。因為是獨居，加上周遭的人們都以為他只是請假在家，被發現時為時已晚，而發現他的，則是他的未婚妻。

太太跟主管的關係很好，偶爾主管也會邀我跟太太一起去他們家吃飯。在主管逝世後，太太整理好主管在公司的私人物品，和主管的未婚妻約在附近的咖啡廳，要把東西交予她。

未婚妻是一位非常有氣質的婦人，她看著我們時，眼眶仍紅紅的，還是帶著淺淺的笑容，問我們願不願意聽一個故事。

她說，她跟主管在國中時期認識，那時她因為家逢巨變轉學到主管所念的學校，上學第一天，主管就對她一見鍾情，並開始熱烈追求她。

班上暗戀主管的女同學還因此偷偷欺負她，後來主管在講台上跟全班同學說：「她是我喜歡的人，就算她不喜歡我也沒關係，但我不允許任何人傷害她！」

當時她只覺得主管在開玩笑，然而，主管每天都到補習班門口等她，就怕女孩子走夜路回家危險，護送她返家。

久而久之，她也被主管的真心打動。

兩人在一起很多年，歷經升上高中、主管考上大學，未婚妻則因為家境，沒有繼續升學，兩人分隔兩地。

主管的家人並不看好兩人的關係，以門當戶不對為由，希望他們分手，主管的母親甚至找上她，請她主動離開。後來，她選擇斷了跟主管的聯絡，在家人的安排下相親、結婚，之後搬到另一個縣市，生下兩個女兒。

兩人就像恢復成平行線，以爲這一輩子都不會有交集。

十幾年後，兩人在醫院重逢。

未婚妻的丈夫因爲疾病變成植物人已有四、五年，在醫院照護時，正巧碰上來醫院探望親友的主管。未婚妻告訴我們，當時她覺得無顏面對主管，第一時間就逃跑了。

後來，她必須先離開醫院去接女兒放學，在門口遇到主管，才知道對方一直在這等她。

起初主管以爲她身體不舒服，擔心她一個人來醫院看病，然而，他得知了她是因爲要照顧生病的丈夫。

曾經的戀人結婚了，主管只是笑一笑，說有任何幫得上忙的可以告訴他，留下聯絡方式就先離開了。

在兩人的聯繫間，主管知道她多年來獨自照顧生病的丈夫，以及撫養兩個女兒，逢年過節就會送禮過去。也因爲丈夫生病不便，主管會到她們家幫忙做一些水電更換與維修，但兩人就止於朋友間的相助，隻字不提曾經的戀情。

又過了很多年，未婚妻的丈夫走了，女兒們也出社會了。孩子們都知道，有一位「叔叔」會來家裡幫忙，過節也會帶她們去買新衣服，很照顧她們一家。在某個晚上，女兒們告訴未婚妻，她們已經長大了，希望媽媽可以勇於追求自己的幸福。

「當初是我先拋下他的。」她回答道。

聞言，女兒說：「以前我問過叔叔是不是喜歡媽媽？叔叔回答我，『我希望她過得好，希望她未來有更多選擇，而不是像當時只能選擇離開。』」

之後，兩人重新在一起，他們對未來充滿計畫，像是要去哪裡旅遊、實現曾經沒兌現的約定……但美好藍圖就像泡泡，在主管突然逝世後破滅了。

我看著眼前的婦人遞過面紙，桌上已經是一團團的面紙團，聽她講述兩人如連續劇般的人生，我的眼眶也蓄滿了淚水。

離開前，未婚妻抱著主管的物品對我們說：「我以爲能再次和他在一起，就是一輩子了，沒想到，從我們相逢便開始倒數離別。」

因爲他們的故事，讓我決定提筆寫下《今天要比昨天的我更愛你》，無論是家人、朋友，還是最親近的愛人，我們都無法陪伴彼此直到永遠，相逢即是倒數相離，人生的無常和意外，總是令人措手不及。

感謝一路上陪伴、支持的小伙伴們。謝謝POPO原創，大家的協助，讓故事來到你的手上。也謝謝願意聽故事的你。

在最後的最後，希望閱讀後的你，能珍惜現在與未來相遇的每段緣分，祝福你。

綰昕

國家圖書館出版品預行編目資料

今天要比昨天的我更愛你／綰昕著. -- 初版. -- 臺北市：城邦原創股份有限公司出版：英屬蓋曼群島商家庭傳媒股份有限公司城邦分公司發行, 2023.03
面；公分. --

ISBN 978-626-7217-22-1（平裝）

863.57 112002512

今天要比昨天的我更愛你

作　　者／綰昕
企畫選書／簡尤莉　　行銷業務／林政杰
責任編輯／高郁涵、黃韻璇　　版　　權／李婷雯

副總經理／陳靜芬
總 經 理／黃淑貞
發 行 人／何飛鵬
法律顧問／元禾法律事務所　王子文律師
出　　版／城邦原創股份有限公司
台北市中山區民生東路二段 141 號 6 樓
電話：(02) 2509-5506　傳眞：(02) 2500-1933
email：service@popo.tw
發　　行／英屬蓋曼群島商家庭傳媒股份有限公司城邦分公司
聯絡地址：台北市中山區民生東路二段 141 號 11 樓
書虫客服服務專線：(02) 25007718 · (02) 25007719
24小時傳眞服務：(02) 25001990 · (02) 25001991
服務時間：週一至週五09:30-12:00 · 13:30-17:00
郵撥帳號：19863813　戶名：書虫股份有限公司
讀者服務信箱 email：service@readingclub.com.tw
城邦讀書花園網址：www.cite.com.tw
香港發行所／城邦（香港）出版集團有限公司
地址：香港灣仔駱克道 193 號東超商業中心 1 樓
email：hkcite@biznetvigator.com
電話：(852) 25086231　傳眞：(852) 25789337
馬新發行所／城邦（馬新）出版集團 Cité(M)Sdn. Bhd.
41, Jalan Radin Anum, Bandar Baru Sri Petaling,
57000 Kuala Lumpur, Malaysia.
電話：(603) 90563833　傳眞：(603) 90576622
email:services@cite.my

封面設計／Gincy
電腦排版／游淑萍
印　　刷／漾格科技股份有限公司
經 銷 商／聯合發行股份有限公司
電話：(02)2917-8022　傳眞：(02)2911-0053

■ 2023 年3月初版　　Printed in Taiwan

定價／320元

ISBN 978-626-7217-22-1

POPO城邦原創 www.popo.tw　城邦讀書花園 www.cite.com.tw